COLLECTION FOLIO

Jim Harrison

La fille
du fermier

*Traduit de l'américain
par Brice Matthieussent*

Flammarion

Cette nouvelle est extraite du recueil
Les jeux de la nuit (Flammarion, 2010).

Titre original :
THE FARMER'S DAUGHTER

Éditeur original :
Grove Press

© *Jim Harrison, 2009.*
© *Éditions Flammarion, 2010*
pour la traduction française.

Jim Harrison est né à Grayling, dans le Michigan, le 11 décembre 1937. Figure majeure de la littérature des grands espaces, il est l'auteur d'une œuvre foisonnante, essentiellement composée de romans, nouvelles et recueils poétiques. Parmi ses textes les plus connus : *Un bon jour pour mourir* (1973), *Légendes d'automne* (1979), *Dalva* (1988). L'écrivain s'est éteint en Arizona le 26 mars 2016, à l'âge de soixante-dix-huit ans.

PREMIÈRE PARTIE

I

1986

Elle était née bizarre, du moins le croyait-elle. Ses parents avaient mis de la glace dans son âme, ce qui n'avait rien d'exceptionnel. Quand tout allait bien, cette glace semblait fondre un peu ; mais quand tout allait mal, la glace gagnait du terrain. Elle s'appelait Sarah Anitra Holcomb.

N'ayant jamais appris à s'apitoyer sur les autres, elle n'éprouvait aucune pitié pour elle-même. Les choses étaient ce qu'elles étaient. Une certaine solitude faisait partie des criantes évidences de la vie. Sa famille s'était installée dans le Montana en 1980, Sarah avait alors neuf ans. Ils s'étaient pris pour des pionniers en quittant Findlay, dans l'Ohio, mais sans le jeune homme surnommé Frère, âgé de dix-huit ans ; ce fils issu du premier mariage du père de Sarah avait préféré rester sur place, puis il avait bientôt rejoint les marines, un engagement qui constituait en soi une insulte car le corps des marines se trouvait au cœur du malheur de son père Frank. Le père n'avait participé à aucun combat au Vietnam, mais en tant que diplômé de Purdue il avait travaillé à Saigon au Bureau des stratégies (toutes inefficaces). Son meilleur ami, Willy, lui aussi originaire de Findlay, était mort à Khe Sanh, fauché par des tirs amis. Le décès de Willy, un copain d'enfance, avait été l'aiguillon empoisonné qui avait enfin envoyé Frank dans le Montana où, treize années après sa démobilisation, il s'était proposé d'oublier le monde. La fin de son premier mariage l'avait presque entièrement empêché de faire des économies, après quoi le second mariage et la naissance de Sarah avaient repoussé encore ses projets passablement héroïques. En pur idéologue, Frank avait envisagé un avenir enfin débarrassé de notre culture et de sa politique assassine. Cet ingénieur mécanicien diplômé de Purdue (avec les félicitations du jury) ne doutait pas de pouvoir gagner sa vie dans le Montana après avoir dépensé le montant de ses économies, qui selon lui dureraient trois ans.

En février 1980, Frank annonça que le grand départ aurait lieu fin avril. Il rentrait à peine du Montana, où il venait d'acheter cent quatre-vingts arpents de terres. Il fit cette déclaration avec une solennité toute militaire, comme s'il disait : « Nous partons à l'aube. »

« Super ! Nous allons vivre au pays de Dieu », s'écria l'épouse de Frank – mère de Sarah, surnommée Peps.

« Il doit bien y avoir cent régions aux États-Unis qui se prennent pour le pays de Dieu », marmonna Frank au-dessus de son goulasch au bœuf extra maigre. Peps enseignait l'économie domestique quand Frank avait fait sa connaissance à la Foire de l'Ohio où il supervisait le vaste stand d'exposition de sa société d'ingénierie. L'une des raisons pour lesquelles il avait épousé Peps était que sa première femme avait été alcoolique et que Peps, venant d'une famille évangélique, ne buvait pas.

« Moi, je compte rester ici et habiter chez Mamie, à moins que je puisse avoir un cheval et un chien sur notre ranch. »

Cette sortie interrompit brutalement le dîner, comme chaque fois que Sarah proférait l'un de ses rares ultimatums. Sa mère lui avait toujours interdit d'avoir un chien, car elle considérait le caca de chien comme satanique. Frank ne broncha pas et attendit la réponse de son épouse.

« Tu connais mon point de vue sur les matières fécales des chiens, rétorqua sobrement Peps.

— J'apprendrai au chien à faire ses besoins à cent mètres de la maison. Si nous habitons à trente kilomètres de la ville, nous aurons besoin d'un chien pour garder nos poulets, nos vaches et nos chevaux sur le ranch.

— Ce n'est pas un ranch. C'est une ferme, précisa absurdement Frank.

— Nous allons y réfléchir, mon cœur, temporisa Peps.

— Non, nous n'allons pas y réfléchir. C'est un chien et un cheval, sinon je reste dans l'Ohio avec Mamie. » La grand-mère de Sarah donnait des cours de piano ; c'était une Suédoise qui avait épousé un maraîcher italien, pas forcément le meilleur mélange ethnique. Tous les jours après l'école, Sarah faisait halte chez sa grand-mère pour jouer du piano. La vieille dame avait tenu mordicus à ce que Sarah porte comme second prénom Anitra, lequel venait de *La Danse d'Anitra* du compositeur Edvard Grieg.

« Eh bien, dans le Montana tous les gamins de la campagne semblent avoir un cheval et un chien, avança Frank.

— Je vais prier pour ça », conclut Peps d'un air résigné.

Sarah dut prier chaque matin avec sa mère, mais elle avait ses propres versions excentriques de la prière, qui incluaient des animaux imaginaires, la lune et les étoiles, sans oublier la musique, les chevaux et les chiens. Sa grand-mère, qui n'appréciait guère les croyances évangéliques de Peps, pensait que son fils avait troqué une poivrote contre une nigaude. Mamie enseignait à la petite Sarah que la musique était le discours des dieux, alors que Peps tenait à ce que Sarah apprît à jouer quelques cantiques pour contrebalancer l'influence délétère des classiques. Ainsi Sarah massacrait-elle la lugubre mélodie de *La Vieille Croix rugueuse*, car ce n'était rien de plus qu'un paquet de notes emballées dans du fil de fer barbelé.

Les préparatifs de départ furent pénibles. Sarah voulait emporter avec elle leur grand jardin, ses érables et ses chênes, ses baies de viornes, de chèvrefeuilles et d'épines-vinettes, les pommiers d'ornement et les amandiers en fleur, la minuscule cabane à jeux où l'on pénétrait à quatre pattes, jusqu'au sentier qui menait au portail de derrière inutilisé et à la ruelle où elle donnait à manger aux chats errants et par où elle allait rendre visite à ses rares amies. Maria, sa meilleure amie âgée d'un an de plus qu'elle et prématurément pubère, jura ses grands dieux à Sarah que dans le Montana les cow-boys la violeraient et qu'elle devrait se trouver un pistolet pour se défendre, une affaire à laquelle Sarah réfléchit longuement.

Un vendredi après-midi de la mi-avril, son père arriva au volant d'un énorme pick-up noir de sept cent cinquante kilos, suivi d'une longue remorque. Deux voisins aidèrent à remplir cette remorque, et le dimanche on organisa une vente de garage pour se débarrasser de tout ce qu'on laissait sur place, y compris le vieux piano de Sarah. Comment ferait-elle là-bas sans piano ? Ses parents, bien sûr, n'y avaient pas pensé. Son piano était littéralement sa parole, la seule conversation qu'elle entretenait avec le monde. Son père parlait peu, et sa mère, tout occupée à trouver ce qu'elle allait répondre, n'écoutait pas. Sarah resta seule dans un fourré durant cette vente de garage, à regarder les gens palper les meubles de sa chambre et son piano bien-aimé. Il fallait laisser tant de choses derrière soi pour faire de la place aux outils et à l'équipement de Frank, dont une grande tente où ils vivraient en attendant que Frank leur construise un chalet en rondins. Elle pleura derrière la haie de chèvrefeuilles quand un homme acheta le piano trente dollars en annonçant bruyamment qu'il comptait le démolir pour en récupérer le bois. Cet homme allait assassiner le piano de Sarah. Elle repensa alors aux balades à vélo avec Maria jusqu'à la fourrière de la SPA pour rendre visite aux adorables chiens et choisir lesquels elles aimeraient avoir si jamais on leur permettait d'avoir un chien. Après plusieurs visites seulement, une employée revêche leur avait appris que la plupart de ces chiens étaient voués à l'euthanasie, car personne n'en voulait. On allait tuer ces chiens, de même qu'aujourd'hui l'acheteur allait tuer son piano. En essuyant ses larmes contre sa manche de chemise, elle se dit tout à trac que les enfants comme elle étaient des chiens de chenil.

Les connexions qui reliaient le piano, l'homme, elle-même et le chien se faisaient toutes seules. Contrairement à la plupart des gens, Sarah connaissait sa propre histoire tout en en inventant sans cesse de nouvelles. Ayant compris que c'étaient les pôles extrêmes qui posaient problème, elle essayait de penser à autre chose. Son père l'aimait-il ? De temps à autre. Sa mère l'aimait-elle ? Elle en doutait. Sa mère aimait les certitudes de sa propre religion. Elle manifestait seulement envers sa fille un amour conventionnel, un amour obligé. Peps évoquait toujours aux yeux de Sarah le chat souriant, en porcelaine, posé sur le rebord de la fenêtre, près du piano de Mamie.

II

1983

Entre l'inconfort brutal du début et leur mode de vie quelques années plus tard, ce fut, comme on dit, le jour et la nuit. D'abord, la fin avril n'est pas vraiment le printemps à mille cinq cents mètres d'altitude dans le Montana. Le jour de leur arrivée, il faisait à peine deux degrés à midi, la neige fondue tombait en abondance et des nuages bas venus du sud-ouest envahissaient la vallée. Après la route goudronnée, les huit kilomètres de chemin de terre se réduisaient à un vaste bourbier appelé *gumbo*, à cause de la neige qui venait de fondre et dont on voyait encore des névés dans les ravines menant aux contreforts des montagnes situées à l'ouest.

Au volant du pick-up qui roulait en position quatre roues motrices, son père faisait grise mine. Ils s'arrêtèrent enfin sur un chemin, près du trou calciné où s'était jadis dressé un ranch. À quelques dizaines de mètres, on voyait de modestes corrals, des toilettes extérieures, un abri ouvert pour les veaux, une petite cabane à outils et un minuscule étang couvert de fléoles des prés mortes et brunes. Au loin, un troupeau d'une cinquantaine d'élans considéraient le pick-up d'un air méfiant.

« C'est quoi, ça ? » demanda Sarah en remarquant des larmes dans les yeux de Peps qui, ce matin-là, avaient pourtant brillé d'espoir.

« Des élans », répondit son père en descendant du véhicule avant de se tourner vers le chemin et le petit canyon où un vieux Studebaker roulait vers eux. C'était sans doute le type qui s'appelait Old Tim et qui avait vendu les cent quatre-vingts arpents à Frank, tout ce qu'il restait d'un ranch familial jadis très étendu et pour l'essentiel cédé à des voisins. À soixante et onze ans, Old Tim était le seul survivant de sa famille. Quand la maison avait brûlé à cause d'un poêle à bois au conduit d'évacuation chauffé au rouge, il avait construit un chalet en rondins un peu plus haut dans le canyon, sur les cinq arpents de la propriété initiale qui lui appartenaient toujours.

Sarah et Peps regardèrent Frank et Tim monter très vite la tente, puis installer un évier sec et un poêle ventru. Il y avait un tuyau qui sortait de terre tout près de la tente, Tim utilisa une clef anglaise pour ouvrir un robinet, puis, plié en deux, il rejoignit la cabane à outils, fit démarrer un générateur Yamaha, et l'eau sortit du tuyau. Frank leur avait dit que Tim avait été à la fois cow-boy et guide de chasse, et qu'il les aiderait à monter la tente pour qu'ils y demeurent jusqu'à ce que le chalet soit construit.

« Ne laisse aucun garçon te toucher avant l'âge

de dix-huit ans », déclara Peps pour des raisons inconnues dans le pick-up alors qu'elles regardaient les hommes s'activer.

« Pourquoi ? demanda Sarah.

— Ne fais pas ta maligne.

— Enfin, pourquoi un garçon voudrait-il me toucher ? » Sarah taquinait sa mère. Son amie Maria lui avait assuré que les garçons tenteraient de glisser leur zizi en elle et que ça faisait affreusement mal. Mais Sarah avait la tête ailleurs : elle observait le vieux chien dans le pick-up de Tim. Brusquement, elle ouvrit la portière. Le chien grogna et Tim la rejoignit en toute hâte.

« Fais attention. Elle aime personne d'autre que moi et il y a même des jours où elle ne m'aime pas. Elle s'appelle Sarah.

— Elle est de quelle race ? » Sarah souriait à la chienne, car il était miraculeux que toutes les deux portent le même prénom.

« Il y a chez elle du berger australien mâtiné d'autre chose, peut-être du pitbull. Elle croit que toutes les terres des environs lui appartiennent.

— Allez viens, Sarah », appela Sarah en s'agenouillant. La chienne arriva et roula sur le dos pour se faire chatouiller le ventre.

Durant ces trois ans, il y eut beaucoup de bon et autant de mauvais. Ils étaient maintenant plus ou moins chez eux, mais le problème, c'est que l'isolement réduisit bientôt à rien la ferveur que Peps avait jusque-là éprouvée pour la religion. Elle sombra dans la dépression et Frank la conduisit chez un médecin d'Helena, à cent soixante kilomètres de chez eux, lequel lui prescrivit du

Valium, un médicament très populaire chez les épouses de fermiers. Peps s'abandonna à une profonde lassitude et les études par correspondance de Sarah, déjà médiocres, tournèrent au fiasco.

Pour Sarah, ces études solitaires constituaient la pilule la plus amère. On les avait prévues longtemps avant leur déménagement, et sans consulter la principale intéressée. En dehors du chien de Tim, qui s'appelait Sarah et qu'elle rebaptisa Vagabonde parce qu'elle ne voulait pas prononcer son propre prénom pour appeler la chienne, et de son jeune et difficile cheval hongre, Lad, elle était terriblement seule. Elle avait rejoint un club d'éducation manuelle, une organisation semblable aux scouts ou aux jeannettes, mais consacrée à toutes les activités rurales, telles que l'élevage du bétail et le jardinage, la couture et la préparation des conserves.

La puberté arriva désagréablement tôt pour Sarah, qui comprima sa poitrine naissante avec des bandes Velpeau. Cette poitrine était bien pire que ses règles, qui se déclarèrent au milieu de sa onzième année ; à cette occasion, Peps, qui n'avait plus beaucoup d'entrain, lui donna une brochure sur le sujet, destinée aux « jeunes chrétiennes ». On y ressassait le miracle des processus physiques, le corps y était qualifié de « temple du Saint-Esprit ». C'était sans commune mesure avec ce qu'elle ressentait. Même Vagabonde était déroutée par l'odeur de ce sang.

À la fin de sa douzième année elle mesurait un mètre soixante-quinze ; c'était la fille la plus grande de son club d'éducation manuelle. Les garçons, plus jeunes et plus petits, la surnommaient « Zarbi », sa taille blessait leur vanité de nabots provisoires, mais elle leur clouait promptement le bec. Dès que le temps le permettait, elle parcourait sur Lad, son hongre irascible, les quinze kilomètres qui la séparaient du lieu de rendez-vous mensuel de leur club sur le ranch de la famille Lahren, pour leur pique-nique. C'était un ranch de taille moyenne, quatre mille arpents, mais impeccablement entretenu, car les Lahren étaient d'origine norvégienne. Sarah en voulut à son père, qui refusa de lui laisser élever une génisse pour la foire du comté, comme faisaient de nombreux enfants du club, si bien qu'elle dut se rabattre sur le jardinage.

Lad, un cheval laid et très rétif, ne pouvait constituer un projet à lui seul. Vagabonde était hors de question, car lorsque Sarah attachait la chienne chez les Lahren, l'animal montrait les dents à quiconque s'approchait de Lad, car elle incluait désormais le hongre et Sarah dans le cercle de ses protégés. Vagabonde arrivait d'ordinaire vers midi à leur ferme, après que Sarah eut terminé la corvée de ses devoirs, puis elle rentrait chez Old Tim à l'heure du dîner. La nuit, si jamais elle entendait ou sentait quelque chose d'anormal, elle arrivait du canyon de Tim en moins de deux minutes. Lors d'une promenade à cheval, Sarah avait vu Vagabonde secouer un vieux coyote attrapé par la nuque jusqu'à ce que la tête se sépare du corps, puis se pavaner en brandissant cette tête tel un trophée.

Comme presque tous les adolescents, Sarah

était très sensible à la moindre saute d'humeur chez ses parents. À cause de toutes leurs difficultés hormonales, ils tiennent à ce que leurs parents restent identiques à eux-mêmes afin de s'épargner le moindre problème supplémentaire au cours de l'acquisition de leur fragile équilibre.

Frank prospérait et se jugeait très en avance sur son échéance de trois ans, moment où il devrait gagner sa vie dans le Montana. Il travaillait en moyenne douze heures par jour, en partie parce qu'il ne trouvait rien d'autre à faire. À Findlay, dans l'Ohio, il avait joué au golf le week-end et au basket avec un groupe d'amis pendant l'hiver, un dérivatif guère envisageable dans le Montana. Il construisit une petite grange à armature en bois où il organisa un atelier de mécanique. Sur le panneau de la poste réservé à cet usage dans le village le plus proche, distant de trente kilomètres, il mit une affichette vantant ses talents de réparateur de machines. Old Tim l'aida de ses conseils pour l'équipement inconnu du nouveau venu, par exemple les ramasseuses-presses, les tracteurs à moteur diesel, ou les moissonneuses-batteuses pour le blé. Cette nouvelle activité impliquait de longs trajets jusqu'à des ranchs éloignés, et Sarah accompagnait souvent Frank. Les ranchers étaient charmés par cette jolie jeune fille en salopette tachée qui aidait son père. Les bénéfices les plus substantiels de Frank venaient néanmoins d'une assez grande serre qu'il avait construite. Il avait grandi en aidant son propre père, un gros maraîcher qu'il détestait, et il était toujours très compétent pour cultiver les légumes. Il avait aussi créé un vaste jardin potager, défendu par une haute clôture contre les cerfs et les élans. On pouvait recouvrir ce jardin d'un auvent à commande mécanique. À l'une des extrémités, il avait installé deux énormes ventilateurs derrière lesquels se trouvaient des cuves métalliques remplies de bois de chauffe afin de protéger ces légumes contre les gelées de printemps ou d'automne. On ne cultivait plus beaucoup de légumes dans le Montana, et deux fois par semaine, pendant la saison, Frank transportait sa belle production jusqu'à Missoula, Helena et Great Falls en compagnie de Sarah qui l'aidait et goûtait de loin aux plaisirs citadins. Un jour de début juin où les légumes s'étaient bien vendus, son père fit halte à une taverne de campagne où ils mangèrent des hamburgers et où il prit aussi une bière. Le barman demanda à Sarah :

« Hé, mignonne, je te prépare quoi ? »

Elle rougit alors jusqu'à la racine des cheveux.

Ils firent un détour par Choteau avant de bifurquer vers le sud et son père traversa quelques kilomètres de la réserve sauvage Bob Marshall. Comme s'il obéissait à un ordre, un ours grizzly traversa sous leurs yeux le gravillon de la route, à la poursuite d'un jeune élan. Dans une clairière de la forêt située à une centaine de mètres, le gros ours plaqua à terre le jeune élan.

« Ne regarde pas ! » s'écria son père.

Mais elle regarda l'élan se faire mettre en pièces. Frank fit demi-tour et ils découvrirent la mère élan dans les fourrés de l'autre côté de la route, qui elle aussi regardait. C'était horrible, mais aussi très excitant.

Durant cette troisième année passée dans le Montana, Peps changea radicalement. Au début de l'hiver, en conduisant Sarah à son club d'éducation manuelle, elle rencontra Giselle, une mère célibataire dont la fille, Priscilla, était récemment devenue l'amie de Sarah. Priscilla avait prêté à cette dernière *L'Attrape-cœurs*, roman qu'elle lut dans la cabane en sachant très bien que Peps lui aurait interdit cette lecture. Peps et Giselle devinrent amies malgré toutes les différences qui les séparaient. Le bruit courait que Giselle faisait « la bamboula », mais Peps prit l'habitude de se rendre au village afin de faire des courses ou sous prétexte d'acheter du grain pour les poules après onze heures du matin, quand la taverne ouvrait ses portes. Giselle y travaillait comme barmaid, Peps commandait un soda à l'orange et elles bavardaient. Pour une évangéliste comme Peps, mettre les pieds dans une taverne était très angoissant, même si les autres membres de sa famille ainsi que son pasteur étaient restés dans l'Ohio. Peps aimait écouter Giselle parler de ses « amis », mais un jour Giselle dit : « Franchement, j'adore baiser », et Peps passa toute une semaine solitaire sans la voir. Elle finit par se convaincre que Giselle l'aidait à surmonter sa dépression – est-ce que ça ne comptait pas ? Peps se mit à fréquenter les « soirées entre filles » hebdomadaires organisées dans le grand mobile home de Giselle, où plusieurs femmes des environs se retrouvaient pour boire de la bière, jouer à la canasta et apprendre de nouveaux pas de danse, toutes choses interdites par la religion de Peps.

Cette amélioration de l'humeur de Peps réjouit Sarah. Frank enseignait les sciences à Sarah, Peps la littérature et l'histoire dans des manuels approuvés par son groupe évangélique, ce qui signifiait qu'ils étaient expurgés. Peps insista pour que Frank initie leur fille au créationnisme plutôt qu'à la théorie de l'évolution, mais il n'en tint pas compte. Sarah emprunta des livres à un garçon de son club affligé d'un pied bot et donc dispensé du travail harassant sur un ranch. On appelait cette région « la campagne à cheval », car on pouvait seulement atteindre à cheval la plupart des pâtures situées en terrain accidenté. Ce garçon prénommé Terry prêta à Sarah des romans de Theodore Dreiser, John Dos Passos et Steinbeck, un volume de Henry Miller intitulé *Sexus* qu'il avait acheté à Missoula, et les recueils de poèmes de Walt Whitman, à mille lieues des textes de Tennyson et de Kipling que sa mère l'obligeait à lire. Dans l'air froid de la cabane à outils, Sarah lut avec terreur le livre de Henry Miller. Pourquoi une femme acceptait-elle de faire toutes ces choses ? Début mars, son père surprit les habitudes de lecture de Sarah et il installa un chauffage électrique dans la cabane à outils. Sarah venait de découvrir Willa Cather et c'était quand même plus agréable de lire ces livres sans se geler les fesses.

III

1985

Sa quatorzième année donna du fil à retordre à Sarah, car de toute évidence elle était presque une femme. Et il était hors de question de retourner en arrière. Elle était même devenue une vraie « bombe », selon le terme argotique utilisé dans cette partie du Montana pour désigner une fille ravissante, ou encore ce que les garçons appelaient « une tranche de cul premier choix » avant même d'avoir la moindre idée de ce que cette expression pouvait bien signifier. Moyennant quoi, Sarah était encore plus timide qu'avant. Lorsqu'elle allait au village avec sa mère ou son père, les hommes lui lançaient des regards dénués de toute ambiguïté. Lors d'une danse à son club d'éducation manuelle, son partenaire se colla si fort contre elle que Sarah sentit le membre en érection du garçon. Quand le club organisait une baignade collective dans l'étang du ranch des Lahren, Herman, leur hôte, avait tendance à s'attarder pour se rincer l'œil. Priscilla, l'amie de Sarah, qui était petite mais bien roulée, et qui n'avait pas la langue dans sa poche, déclara : « Ce vieux con est un sacré pervers. » Et un jour que Sarah et Priscilla se promenaient à cheval, elles virent un étalon de course monter une jument et Priscilla dit en riant : « Je détesterais me coltiner un truc aussi gros. » Priscilla se vantait d'avoir perdu sa virginité l'année précédente, à treize ans, avec un ami de sa mère, mais Sarah n'arrivait pas à croire qu'un homme adulte pût tripoter une simple jeune fille.

Old Tim, qui était désormais un ami intime, conseilla à Sarah de ne pas rester sur son quant-à-soi et de se comporter comme si elle était fière d'être ce qu'elle était. « La beauté est ce que tu as reçu en partage », lui dit-il. En fait, Sarah n'était pas une beauté dévastatrice, simplement la plus jolie fille du coin.

Plus tôt, Old Tim avait montré à Sarah un canyon miniature situé sur des terres des Eaux et Forêts, à environ trois kilomètres au nord. Ce canyon abrité ouvrait sur le sud et il y faisait très bon, même quand la température ne dépassait pas les dix degrés, fin avril ou début mai, ou par les fraîches journées venteuses de l'automne. Là, une petite source bruissante alimentait un minuscule bassin rocheux où l'on pouvait s'asseoir par les journées caniculaires. Sarah considérait ce splendide canyon comme son lieu de méditation et, dès que l'esprit l'appelait, elle s'y rendait montée sur Lad, avec Vagabonde derrière elle. Ses parents faisaient confiance à la chienne pour veiller sur elle. Dans ce canyon, Sarah entretenait parfois des pensées religieuses sur les Indiens. Serait-il plus facile d'être une jeune Indienne ? Sans doute pas. Pourquoi la Bible ne précisait-elle pas le nom de la vierge amenée devant le roi David pour lui réchauffer les os ? Baiser était-il le péché originel commis par Adam et Ève ? Marie Madeleine était-elle belle ? Jésus avait-il eu des pensées d'ordre sexuel ? Sarah était tombée amoureuse de Montgomery Clift, qu'elle avait vu dans un film, *Les Désaxés*, chez Giselle, avant de découvrir avec tristesse qu'il était mort. Parfois, Sarah ôtait tous ses vêtements, sauf sa culotte, pour s'allonger sur une grosse pierre plate. Un après-midi, Vagabonde gronda ainsi qu'elle le faisait quand Old Tim arrivait, sans toutefois grogner bruyamment comme lorsqu'elle sentait la présence d'un ours ou d'une vache. Tim n'apparut pas et Sarah fit semblant de dormir. S'il avait envie de se rincer l'œil, ça ne la dérangeait pas, car elle l'aimait bien. Elle roula même sur le ventre au cas où il aurait voulu avoir un aperçu de ses fesses. Un jour qu'elle était passée au chalet de Tim et qu'il n'était pas là, il y avait sur la véranda du vieux cow-boy un magazine de cul, et Sarah se demanda à quel âge les hommes se débarrassaient enfin de ces bêtises. Au bout d'un quart d'heure, Tim lança :

« Un peu de décence ! »

Tim n'avait plus que deux vaches pour satisfaire sa consommation personnelle de viande et il désirait emprunter sa propre chienne afin de se mettre à la recherche d'une de ces deux vaches, qui avait disparu. Et voilà que Tim rougissait.

« Je suis ici depuis un moment, à te mater. J'ai

dû faire une petite promenade pour retrouver mon calme. Désolé.

— Aucun crime n'a été commis », dit Sarah.

Tous deux éclatèrent de rire.

« Il y a soixante ans, ma mère m'a dit de traiter toutes les femmes comme si elles étaient ma sœur. Même à l'époque, je me suis demandé comment dans ces conditions la race humaine pouvait bien perdurer.

— Je ne suis pas certaine d'aimer être un animal, répondit-elle en observant Vagabonde qui surveillait un serpent à sonnette sur un surplomb rocheux à une vingtaine de mètres de là.

— Tu ferais bien de t'y habituer. »

Quatre jours avant l'anniversaire des quinze ans de sa fille, Peps partit au débotté, selon l'expression couramment utilisée dans l'Ouest, évoquant quelqu'un se levant brusquement d'un canapé pour se ruer vers la lumière du jour. Frank était en Caroline du Sud, où son fils – que Sarah appelait Frère – avait eu un accident de voiture en compagnie de deux autres marines ivres morts. Frank resterait encore deux jours absent et Sarah ne l'appela pas après le départ de Peps. Sarah était sortie se promener à cheval. À son retour, un gros pick-up de luxe était garé dans l'allée, et un homme âgé sortait de leur maison en portant deux valises. Vagabonde fut contrariée par cette situation et Sarah la retint non sans mal. Puis Peps arriva dans sa tenue la plus élégante, son vanity-case rose à la main. Elle embrassa Sarah sans la moindre chaleur.

« Je t'ai laissé une lettre sur le comptoir de

la cuisine. Un jour, tu comprendras. Peut-être viendras-tu nous rendre visite. »

Et elle disparut.

Pour la première fois, Sarah laissa Vagabonde entrer dans la maison. Mais, incapable de supporter cette liberté nouvelle, la chienne se pelotonna simplement sur le seuil. Bon, pensa Sarah, je vais enfin pouvoir aller à l'école comme tout le monde, mais sa grossièreté la gêna aussitôt. Que devrais-je ressentir au moment où ma mère s'en va ? Elle tenait la lettre en buvant de la limonade, elle attendait des émotions bouleversantes, qui ne vinrent pas. « *Ma chère fille, j'ai rencontré Clyde l'an dernier chez Giselle. C'était l'un de ses nombreux petits amis, c'est maintenant le mien et j'y tiens. Clyde est un rancher important près d'Helena. Je suis lasse de travailler tous les jours que Dieu fait. Ici, je suis bonne pour trimer de la sorte jusqu'à ce que mort s'ensuive. Comme dit la chanson, mon amour pour Frank s'est flétri telle l'herbe de la pelouse. Je prie depuis des mois pour un miracle de ce genre. Ne te mets pas en colère. Je t'aime, maman. P.-S. Occupe-toi bien de ton père.* »

Sarah pensa qu'elle n'aurait eu aucun mal à refuser si on lui avait proposé de partir avec sa mère. Elle n'aurait jamais pu abandonner Vagabonde, Old Tim et Lad. Elle appela Tim, qui lui dit qu'il était désolé si elle l'était. Il ajouta qu'il lui apporterait de quoi dîner et lui tiendrait compagnie. Tim et Peps ne s'étaient jamais bien entendus. Selon le code de l'Ouest auquel souscrivait le vieillard, il ne fallait ni se plaindre ni pleurnicher, deux choses dont Peps usait et abusait. Lorsque

Peps se plaignait auprès de lui, il répondait : « La vie est dure », puis tournait les talons.

Sarah prit une douche, avant d'enfiler un short et un débardeur décents, tout ce que sa mère autorisait. Il était juste de donner à Tim quelque chose à regarder puisqu'il allait préparer le dîner. Elle sortit sur la véranda ensoleillée et décida de relire *La Mort et l'Archevêque* de Willa Cather. Elle avait deux projets incompatibles pour l'avenir : elle désirait vivre dans l'austère beauté du Sud-Ouest, mais elle avait aussi envie de connaître le métro de New York comme dans *Manhattan Transfer* de Dos Passos ou dans sa trilogie *U.S.A.* Elle était sûre de pouvoir faire les deux, même s'il était beaucoup plus facile d'avoir une chienne et un cheval au Nouveau-Mexique ou en Arizona. Son père lui rappelait sans cesse qu'il lui faudrait trouver un métier et que, même si ses lectures étaient bonnes pour elle, les sciences lui permettraient de gagner davantage d'argent. De fait, elle avait réfléchi à ce problème. Tous les romans qu'elle lisait mettaient son esprit en ébullition, d'autant que c'était là son seul moyen de connaître la vie en dehors du trou perdu où elle habitait. Les sciences étaient aussi pures que le désert qu'elle n'avait jamais vu. Pour se faire une idée de ses capacités, elle n'arrivait pas à se rappeler un seul de ses exploits dans un domaine ou un autre, sauf une prestation assez mineure. Pendant l'été de sa première année au club d'éducation manuelle, elle aida un jour Mme Lahren à rapporter les restes d'un pique-nique tandis que les autres enfants jouaient au « croquet cow-boy » (on se ligue pour balancer la boule d'un joueur dans les hautes herbes). Avisant au salon un vieux piano droit déglingué, elle demanda à Mme Lahren la permission d'y jouer. Sarah se laissa emporter par ce premier contact avec un piano depuis presque trois ans et elle interpréta avec passion Grieg, Liszt et Chopin, reprenant seulement contact avec le monde réel lorsque les autres enfants postés aux fenêtres applaudirent. Elle rougit d'embarras, mais par la suite il lui fallut jouer un peu lors de chaque réunion, entre autres des morceaux de ragtime que sa grand-mère lui avait appris et qui poussaient tous ces gamins de la campagne à danser avec une énergie délirante. Sa seconde victoire, infime à ses yeux, elle la connut à douze ans quand elle passa un contrôle scolaire exigé par l'État du Montana. Elle eut des notes seulement moyennes en littérature et en histoire, mais en sciences on la classa parmi les élèves de la classe de cinquième. Ce fut la seule fois, avant comme après, où son père manifesta un enthousiasme débordant à son égard : il l'entraîna dans une danse endiablée et maladroite à travers toute la cuisine.

Tim arriva un peu en retard avec un bouquet de fleurs sauvages et une marmite de ragoût d'élan, le plat préféré de Sarah. Elle était là le jour où il avait abattu cet élan près du canyon secret de Sarah, en rampant derrière lui entre les pins vrillés jusqu'à l'orée de la clairière. De l'autre côté de cette clairière, il y avait une douzaine de femelles et un élan aux bois de taille modérée. Les chasseurs étrangers à la région étaient toujours en quête d'un mâle, mais les habitants du cru préféraient les femelles, car leur viande avait davantage de goût. Quand Tim avait appuyé sur la détente en disant : « Désolé, ma belle », l'élan s'était effondré. C'était une journée glacée de novembre et, lorsque Tim avait éventré l'animal, elle avait humé la tiédeur odorante qui montait de la cavité du ventre, le parfum cuivré, trop mûr, des intestins.

Maintenant, elle avait mis le ragoût à réchauffer et, installée au comptoir, elle mélangeait la salade. Tim venait de trouver une station de radio diffusant de la musique country et Patsy Cline chantait *The Last Word in Lonesome Is Me*. Sarah détestait cette chanson pour des raisons évidentes et Tim l'aimait parce qu'il était vieux et qu'il acceptait son état. Elle se retourna brusquement pour voir s'il la regardait, et c'était le cas. Un léger rouge monta aux joues de Tim et il fit alors semblant de s'intéresser à quelque chose derrière la fenêtre. Ce nouveau jeu de la danse sexuelle amusait Sarah, même si elle avait peu d'occasions d'y jouer. Peps détestait se rendre à la poste, de peur d'y trouver une énième lettre sinistre de ses parents qui doutaient que dans le Montanta leur fille pût conserver sa foi en Dieu. C'était donc Sarah qui allait chercher le courrier, quand il y en avait, et le postier âgé de plus de soixante ans flirtait toujours avec elle, en lui disant des choses comme : « Si seulement j'étais plus jeune, je t'emmènerais à Denver et tous les deux on passerait un sacré bon moment. » Elle se demandait s'il parlait vraiment sérieusement. Comment pouvait-il en pincer pour une gamine de quatorze ans ? Que ressentait Tim quand il la matait entre les arbres et la voyait assise en petite culotte dans le canyon miniature ? Et si Montgomery Clift était toujours vivant ? S'il lui demandait de retirer tous ses vêtements, petite culotte comprise, comment réagirait-elle ? Sans doute qu'elle lui obéirait. L'amour rendait tout possible.

« Pourquoi ne t'es-tu jamais marié ? » dit-elle à Tim.

Il grimaça, sa cuillère à soupe remplie de ragoût trembla. Il regarda le plafond comme si la réponse y était inscrite. En attendant, elle s'interrogea : les vieillards pouvaient-ils toujours « le faire » ? comme disait Priscilla. Un jour, dans la grange des Lahren, Terry, son ami au pied bot, lui avait demandé de voir ses seins. « Non, crétin », lui avait-elle répondu. Il avait alors eu les larmes aux yeux et elle avait aussitôt pensé qu'il risquait de ne plus lui prêter le moindre livre. Elle avait donc relevé son T-shirt et son soutien-gorge pour lui laisser admirer sa poitrine pendant une seule seconde.

« Bah, c'est une histoire idiote. Quand j'avais dix-neuf ans, mon père me faisait trimer comme un âne et je suis parti à Wilsall, au nord de Livingston, pour bosser comme cow-boy sur un grand ranch. La malchance a voulu que je tombe amoureux de la fille du rancher, avec qui je partais souvent en balade pour l'embrasser et la peloter. Au bout de quelques mois, je lui ai demandé de m'épouser et elle m'a alors répondu qu'elle ne pouvait pas se marier avec un homme qui n'allait pas hériter d'un grand ranch comme celui de son père, un ranch d'environ trente mille arpents, dont un quart de bonne terre à foin. Comme notre propriété était modeste, j'ai compris que je n'étais pas dans la course. Elle était furieuse parce qu'elle avait deux frères aînés et n'hériterait sans doute que de clopinettes. J'ai eu le cœur brisé et dès le lendemain je suis rentré chez moi. J'ai alors décidé de ne jamais me marier, puisque les femmes prenaient leur décision de cette manière. Ensuite, j'ai eu des petites amies, mais jamais d'épouse. Un jour, à l'époque où j'avais une quarantaine d'années, je prenais des veaux au lasso au rodéo de Livingston le 4 Juillet, et j'ai gagné une centaine de dollars. Je suis allé au Wrangler pour les boire avec mon vieux pote Bob Burns, et la voilà debout au bar avec son mari qui bossait comme électricien dans les chemins de fer. Elle m'a alors appris qu'elle avait trois gosses et que le ranch de papa avait bu la tasse parce que ses frères avaient acheté trop de systèmes d'irrigation à pivot central pour faire du foin. Et voilà mon histoire idiote. Je regrette aujourd'hui de ne pas avoir d'enfants, mais le fait est que je n'en ai pas.

— C'est horrible », dit Sarah, incapable de continuer à manger durant dix bonnes minutes, en pensant que les confidences de Old Tim ressemblaient à un roman qu'elle était heureuse de n'avoir jamais lu.

Le lendemain soir, elle lui prépara des crêpes, des saucisses et des œufs – exactement comme il adorait les manger. Le temps était chaud et pluvieux, après le dîner ils prirent le café au salon et Tim versa un peu de whisky dans sa tasse. Ils écoutaient la pluie sur le toit en tôle, un bruit qu'elle aimait beaucoup. Il était assis dans un fauteuil et elle sur le canapé, en jupe courte. Elle lui montrait une bonne partie de ses cuisses en se demandant bien pourquoi. Son père avait téléphoné et déclaré qu'il serait de retour dès le lendemain.

« Merci de m'avoir allumé », dit Tim en partant. Il lui enfonça un index joueur dans les côtes et rit.

Si elle rougit de honte quand il partit au volant de son pick-up, elle fut contente qu'il ait dit à Vagabonde de rester avec elle, car la nuit est plus obscure quand on est seul. Elle prit le pistolet de son père dans son étui et s'entraîna à dégainer le plus vite possible devant le miroir du couloir. Tim lui avait donné quelques conseils, mais elle n'était pas aussi rapide que lui, pourtant âgé de soixante-treize ans. Elle se coucha et tenta de se concentrer sur un fantasme où elle était nue au lit avec Montgomery Clift, toutefois son manque d'expérience l'empêchait de rendre ce fantasme vraiment convaincant. Ce qui marchait bien, en revanche, c'était tous les deux en train de se caresser dans une cabine téléphonique, la nuit, sous la pluie.

Le lendemain matin elle arrosait les plantes dans la serre, une tâche qui prenait deux bonnes heures, et elle s'apprêtait à passer le motoculteur dans le jardin quand son père arriva, annoncé par le hurlement de Vagabonde. La chienne avait pour seuls amis Tim et Sarah et, lorsque quelqu'un d'autre essayait de la caresser, elle s'éloignait en baissant la tête. Frank resta figé à la porte de la serre. Elle essaya d'embrasser son père, mais il était raide comme un piquet de clôture.

« Ton frère est fichu, aucun doute là-dessus.
— Il est mort ? » La voix de Sarah tremblait.

« C'est tout comme. Ses deux copains et lui roulaient à cent cinquante sur la route de la base, avec les flics aux fesses. Un de ses copains est mort. La voiture a fait une dizaine de tonneaux. Ton frère souffre de fractures aux bras, aux jambes et au bassin, mais le plus inquiétant c'est qu'il a de graves lésions internes à la tête. Il va devenir comme le jeune Denison en ville, qui passe toute la journée à baver dans son fauteuil roulant sur sa véranda.

— Je suis désolée. Que va-t-il devenir ? » Elle fondit en larmes.

« Un hôpital militaire à vie. Comment réagis-tu au départ de ta mère ?

— Je ne sais pas quoi en penser. Je n'arrive pas à réaliser qu'elle est partie.

— Même chose pour moi. Elle m'a appelé, mais je n'arrive pas vraiment à m'y faire. Bien sûr, je sais que je suis vraiment lent à réagir émotionnellement. Je n'aurais jamais cru que ces deux drames pouvaient se produire en même temps.

— Elle n'était pas très heureuse, suggéra Sarah. La vie ici à la campagne ne lui plaisait pas beaucoup.

— Ces deux ou trois dernières années, elle a vraiment fait chier. Quand elle ne travaillait pas, c'était une pile électrique ; et quand elle bossait, elle se plaignait sans arrêt. » Il avait les larmes aux yeux.

« On va s'en sortir. » Le corps de Frank se détendit quand elle se serra contre lui.

« Faudra bien. » Il sortit et fit démarrer le motoculteur. Au déjeuner, il se comporta comme s'il ne s'était rien passé.

Deux jours plus tard, en milieu de matinée, alors qu'il installait une ferrure de remorquage à l'arrière du pick-up, elle lui demanda ce qu'il comptait faire.

« C'est ton anniversaire, répondit-il, et Mamie a téléphoné pendant que tu donnais son avoine à Lad. Elle m'a rappelé de t'offrir un moyen de transport pour ton anniversaire. Tu en auras besoin pour aller au collège cet automne. »

En se préparant elle avait la tête qui tournait, en partie à l'idée de posséder sa propre voiture, mais aussi parce que c'était la fin de cinq années de cours par correspondance. Peut-être en réaction à sa mère, elle ne se plaignait pas volontiers, mais elle espérait de tout cœur découvrir du nouveau dans sa vie, en dehors des réunions mensuelles de son club d'éducation manuelle.

IV

« Avant de rendre visite aux vendeurs de voitures, nous allons chez le médecin pour qu'il te donne la pilule, annonça Frank à mi-chemin de Bozeman par cette belle matinée de mai.

— Papa, j'ai pas besoin de prendre la pilule. J'ai même pas encore de petit ami.

— Tout le monde peut se laisser dépasser par les événements, objecta Frank comme si le sujet était clos.

— Maman disait que je ne prendrais jamais la pilule, parce qu'elle pousse à faire des bêtises, répondit négligemment Sarah.

— Excuse-moi, mais certaines fois ta mère ne faisait pas la différence entre son cul et une fosse à purin, comme on disait à Findlay.

— C'est sans doute vrai. Son pasteur soutenait qu'il fallait emprisonner tous les Californiens gays dans un camp. »

La visite à la gynécologue fut désagréable, même si le médecin, une très aimable quinquagénaire, dit à Sarah : « Vous avez un corps splendide, ma jeune dame. Dans l'arrière-pays où vous habitez, vous devrez toujours avoir un pistolet à portée de la main pour vous défendre contre les cow-boys. »

Sarah trouva les étriers cent fois pires que le fauteuil du dentiste. Elle se remit de ses émotions après avoir écumé durant deux heures les parkings de voitures d'occasion en compagnie de Frank, dont les questions adressées aux vendeurs étaient si précises qu'elle en avait mal aux molaires à force de serrer les dents. Trois fois ils durent revenir sur leurs pas avant de réduire leurs possibilités de choix. Finalement, il leur fallut se décider entre une Toyota rouge et une Subaru bleue, deux modèles à quatre roues motrices, une option que son père jugeait indispensable pour affronter la saison de la boue et les rigueurs de l'hiver. Frank signa enfin un chèque et accrocha la Toyota à la barre de la remorque.

« J'avais prévu de jeter un coup d'œil à l'université avant d'aller manger un steak quelque part, mais Old Tim tient à te griller un filet d'élan et à te préparer un gâteau. Je sais que ce vieux chnoque a le béguin pour toi. Apparemment, les hommes ne guérissent jamais des femmes. À Purdue mon professeur de philosophie disait que le truc le plus dur pour les gens, c'est la vie non vécue.

— Papa, pour l'amour de Dieu, c'est simplement mon meilleur ami ! » Sarah rougissait de ses petits jeux que les garçons qualifiaient de chauffe-bite. Elle croyait que, si ce n'était pas Tim, ce serait un autre, mais il n'y avait pas d'autre homme dans les parages. Les aspects biologiques de la vie mettaient Sarah mal à l'aise. Tout allait si vite. S'offrir un fantasme avec feu Montgomery Clift, une aventure aussi peu risquée que votre oreiller préféré, était une chose, mais en aucune manière elle ne souhaitait voir la réalité faire intrusion dans sa vie. Ses études par correspondance avaient développé chez elle l'âme d'une solitaire, et sa vie s'était écoulée sans cette dizaine de tocades adolescentes qui font la jonction entre l'enfance et la puberté, cette terrifiante injustice qui veut qu'on tombe amoureuse d'un être qui ne remarque même pas votre existence. L'intérêt que Sarah portait à l'amour était de nature plus spirituelle, mais sans commune mesure avec les sermons de Peps sur le corps comme temple sacré de Dieu. Il était à la fois choquant et comique que, malgré ses convictions, Peps se soit barrée et fait baiser par un vieux rancher rencontré chez Giselle. Sarah aimait seulement étudier la biologie non humaine. Pour l'instant, elle préférait que l'idée de l'amour physique demeure nimbée d'un brouillard vaporeux. La semaine passée, au club d'éducation manuelle, par un après-midi torride, un Mexicain parti de Kingsville, dans le Texas, était arrivé en pick-up chez les Lahren avec un cheval de coupe destiné à la reproduction. M. Lahren devait prendre ce cheval en pension pour un riche cousin de Bozeman. Cet homme et ce cheval étaient les plus beaux spécimens de leur espèce que Sarah ait jamais vus. Le Mexicain, très timide, adressa un signe de tête à tout le monde, puis, dans un corral, il fit travailler l'étalon pour le détendre après l'épreuve du voyage. Ce cheval était sauvage, mais tout le monde tomba d'accord pour dire que le Mexicain montait mieux que personne. Les garçons, verts de jalousie, restèrent à l'écart, et quand l'homme mit pied à terre et mena le cheval jusqu'à un box de la grange, les filles s'agglutinèrent autour de lui comme des lucioles à l'abdomen incandescent. Il les salua toutes, puis porta la selle et la bride vers son pick-up, en ralentissant à l'entrée de la grange où Sarah était restée seule à l'écart du groupe. Elle regarda le torse et le bras musclé qui tenait la selle sur l'épaule. Il s'arrêta devant elle et sourit.

« Comment t'appelles-tu ?

— Sarah », murmura-t-elle, incapable de parler plus fort.

Il acquiesça comme s'il venait d'apprendre une information cruciale, puis repartit vers son pick-up. Une vague de chaleur submergea le ventre de Sarah, et elle crut qu'elle allait se pisser dessus. Les autres filles firent aussitôt cercle autour d'elle en lui demandant ce qu'il avait dit, mais elle franchit la porte et regarda le pick-up du Mexicain s'éloigner sur la route dans un nuage de poussière. Ses émotions la prenaient souvent au dépourvu, aussi décida-t-elle qu'elle ne pouvait pas y réfléchir dans l'immédiat. Il lui faudrait se rendre dans le canyon pour tâcher d'y voir plus clair.

La fête d'anniversaire fut tranquille, car tout le monde était fatigué et Priscilla ne pouvait pas venir à cause de l'arrivée impromptue d'un « certain très cher ». Depuis toujours Frank surnommait Priscilla « la Cavaleuse », ce qui déplaisait à Sarah, même si elle devait bien reconnaître en son for intérieur que ce surnom convenait parfaitement à son amie. Elle eut un mauvais pressentiment lorsqu'elle vit Tim grimacer deux fois en examinant son nouveau véhicule d'occasion. La seconde fois, il blêmit en ressortant de sous le pick-up où il venait de jeter un coup d'œil au silencieux du pot d'échappement.

« Elle en a environ pour un an », annonça Tim, et Sarah se demanda pourquoi le silencieux était soudain féminin. « Ce pays est sans pitié pour les silencieux », ajouta-t-il.

Le filet d'élan était parfaitement grillé, mais Tim bougonna car son gâteau allemand au chocolat penchait un peu d'un côté. Il but une gorgée de whisky au goulot de sa flasque et Sarah le vit tourner le dos pour avaler un cachet. Frank avait acheté une bouteille de bourgogne Gallo à deux dollars et il en servit un peu à sa fille. Ils portèrent un toast et les deux hommes chantèrent une version atroce de *Joyeux anniversaire*.

Deux fois ce soir-là, Sarah se leva pour regarder son pick-up dans la pénombre de la cour. Elle comprenait très bien que ce véhicule signifiait la liberté. Contrairement à Peps, Frank n'avait jamais tenté de contrôler leur fille. Pour lui, il y avait toujours l'exemple de sa jeune sœur Rebecca, qui avait fait les quatre cents coups dans sa jeunesse, mais qui était maintenant une astronome renommée à l'université d'Arizona de Tucson. Rebecca leur avait seulement rendu deux visites parce qu'elle détestait Peps et l'idée même des cours par correspondance que suivait sa nièce.

Le lendemain matin, Sarah aborda son père.

« Qu'est-ce qui ne va pas chez Tim ? » Dans la soirée elle s'était rappelé avoir remarqué pour la première fois quelques semaines plus tôt que Tim souffrait. C'était lorsqu'il l'avait emmenée au siège du comté dans son vieux Studebaker pour qu'elle obtienne un permis d'apprentie conductrice. Dans le café où ils s'étaient arrêtés pour manger un hamburger, il avait soudain trébuché, blêmi et attrapé de justesse le bord d'une table pour ne pas tomber.

« Il n'est pas en forme. » Frank écoutait sans grand intérêt la météo et les cours du bétail.

« Je m'en suis aperçue. Je voudrais savoir pourquoi.

— Il n'a rien voulu te dire le soir de ton anniversaire. Bon, tu sais qu'il est parti deux jours la semaine dernière. Il s'est rendu à l'hôpital militaire de Great Falls. Il y a cinq types de cancer de la prostate. Trois ne sont pas trop graves, les deux autres sont vraiment méchants. Il souffre de l'un des deux vraiment méchants. Ces vieux cow-boys ont l'habitude de supporter la douleur sans broncher et il a attendu trop longtemps pour qu'on puisse envisager un traitement. La maladie s'est répandue dans le corps, tu vois, Tim a des métastases. »

Sarah se mit à sangloter et Frank se leva pour lui poser les mains sur les épaules. Il ne trouvait rien à dire d'autre d'une maladie à l'issue évidemment fatale.

Lorsque Sarah sortit pour entamer ses tâches matinales dans la serre et au jardin, elle remarqua à peine son pick-up rouge. Elle avait une grosse boule dans la gorge. Elle continua de marcher vers le chalet de Tim et, à mi-chemin, rencontra

Vagabonde qui semblait inquiète. Sur la véranda, face à l'est et au soleil levant, Tim somnolait dans son fauteuil à bascule. De l'eau et un flacon de comprimés étaient posés près de lui sur une petite table. Sarah se demanda quelle religion permettait d'affronter une épreuve pareille. Peps l'avait assommée de ses propres croyances évangéliques, mais elle avait suivi l'exemple de son père et il n'était pas resté grand-chose de ce bourrage de crâne. Son père lui avait appris davantage que des rudiments d'astronomie et, dès la nuit tombée, il installait son télescope Questar dans la cour. Sarah n'arrivait pas à imaginer comment des êtres à forme humaine tels que Dieu ou Jésus avaient pu inventer des milliards de galaxies. Elle pensait au Dieu à barbe grise assis sur son trône derrière une grille et au Jésus perpétuellement en croix, aux mains et aux pieds sanguinolents. Le Saint-Esprit, invisible, constituait une hypothèse plus vraisemblable. Il fallait bien que quelqu'un ait inventé les chevaux, les chiens et les oiseaux. Elle croyait percevoir une sorte d'esprit en certaines créatures ou dans certains lieux, mais elle n'était sûre de rien pour les humains qui, selon ses manuels d'histoire, avaient un sombre passé d'assassins. Assise près de Tim endormi, elle sentit son propre esprit tourbillonner dans toute cette immensité, avant de se réduire à l'inévitable apitoiement sur soi. Pourquoi dois-je perdre le seul homme que j'aime en cette vie, en dehors de mon père ? Sa solitude était aussi vaste que le paysage.

Tim se réveilla et elle lui prit la main.

« J'imagine qu'on t'a informée ?

— Oui.

— J'ai l'impression d'être assis sur un pieu ou sur une pierre brûlante. Je croyais que ça passerait.

— Je suis vraiment désolée. »

Sarah se mit au volant du Studebaker, puis ils partirent pour leur canyon minuscule, Vagabonde installée entre eux et toujours à l'affût de la moindre menace. Comme il faisait chaud ce matin-là, elle se rappela de faire attention aux serpents à sonnette. Elle aida Tim à grimper sur son rocher à peu près plat.

« Je déteste ces fichus comprimés. Ils me rendent aussi amorphe que si je descendais une bouteille de whisky, mais il paraît que le cancer remonte dans ma moelle épinière. »

Lorsqu'elle serra entre ses bras la tête et les épaules de Tim posées sur ses cuisses, le mamelon d'un sein nu sous le T-shirt effleura le nez du vieux cow-boy.

« Quand je suis avec toi, mon cœur est une ruche bourdonnante. J'imagine que j'étais une abeille dans une vie antérieure.

— Il y a forcément une chance.

— Ce n'est pas ce qu'on m'a dit. Ils appellent ça le stade soixante-dix. »

Ils allèrent se promener dans le canyon pendant presque tout le mois suivant jusqu'à ce qu'il ne puisse plus marcher. Elle lui rendit alors visite, chez lui, dans son chalet. Plusieurs fois il l'appela Charlotte, le prénom de son premier amour près de Livingston ; tous deux éclataient alors de rire. Une femme qui travaillait à l'établissement de soins palliatifs venait du siège du comté pendant la journée. Tim et elle s'étaient connus enfants, et ils ne s'aimaient guère. Sarah arbitrait leurs disputes.

« Au CP, elle me tapait toujours dessus, se rappela Tim.

— Toi et les autres garçons, vous pissiez sur mon chien. Y avait que toi que j'arrivais à attraper », répliqua Laverne.

Âgée d'environ soixante-dix ans et très pieuse, elle était spécialiste des soins palliatifs du cancer, car elle s'était occupée de son mari et de sa sœur jusqu'à la fin, le premier atteint d'une tumeur au cerveau, la seconde d'un cancer du pancréas. Elle avait beaucoup d'humour. Ainsi, après avoir prié à genoux au chevet de Tim, elle disait : « Voici la réponse de Dieu à la douleur », et elle lui administrait une injection de morphine. Le soir, Sarah faisait une autre piqûre à Tim en enfreignant la loi, mais Laverne déclarait alors : « J'en ai rien à foutre de la loi. » Elle transportait un revolver six-coups dans son sac à main et, tout en conduisant sa voiture, elle tirait par la fenêtre sur tout ce qui bougeait, marmotte, coyote ou corneille. Elle croyait ne jamais avoir tué le moindre animal.

Sarah dormait sur un lit de camp installé à côté du lit de Tim. Elle lui lisait parfois d'anciens romans de Zane Grey qui ne l'intéressaient pas, et parfois elle passait de vieux disques de musique country comme Marty Robbins, Merle Haggard et George Jones, qu'elle n'aimait pas davantage, leur préférant Pink Floyd, Grateful Dead ou la musique classique.

Ce qui lui permettait de tenir le coup, c'étaient ses quatre heures de travail matinal avec son père dans le jardin. En comptant les différentes sortes de laitues, ils cultivaient vingt-trois légumes, dont certains tout à fait étrangers au Montana, mais qui se vendaient très bien aux universitaires de Missoula. Quand ils plantèrent des laitues arugula ou du radicchio pour satisfaire la demande, Sarah et son père s'interrogèrent sur la saveur de ces salades, mais laissèrent bientôt leurs goûts de côté. L'aubergine japonaise resta également un mystère. Dans le jardinage, c'était la répétition des mêmes gestes qui apaisait. Elle finissait son travail, déjeunait légèrement, faisait un quart d'heure de sieste dans le hamac, puis allait chez Tim.

Le compte à rebours jusqu'à la date fatidique prévue indiquait quarante-neuf jours, mais Tim mourut deux semaines avant de décéder pour de bon. Même privé de conscience, le corps a du mal à lâcher prise. Un soir où Sarah approchait sans arrêt son visage de celui du vieux cow-boy pour voir s'il respirait, enfin, juste avant minuit, il cessa de respirer. Elle crut réellement voir l'esprit du défunt s'élever et sortir en flottant par la porte ouverte, passer au-dessus de la tête de Vagabonde, qui se retourna pour le regarder. Sarah frissonna, puis examina l'intérieur grossièrement bricolé de ce chalet, qui lui parut pourtant magnifique. Il y avait un poêle à bois ainsi qu'un chauffage à propane qu'on allumait quand le temps était vraiment glacial. Il y avait deux carabines et un fusil de chasse dans un placard, et le seul objet vraiment beau était un coffre en bois qui servait aussi de table basse. Alors qu'il était encore conscient, Tim avait annoncé à Sarah que ce chalet lui appartenait désormais, cela et puis trois mille dollars rangés dans une boîte à tabac au fond de la malle. Les quatre-vingt mille payés par Frank pour acquérir la propriété iraient à un fonds communal destiné aux pauvres et aux indigents. Le dernier jour où il avait été conscient, il avait tendu le bras gauche, le seul encore valide, et lui avait touché un sein.

« Je voudrais pas me montrer impoli, avait-il chuchoté, mais c'est les plus beaux seins que j'aie jamais vus.

— Merci. » Sarah s'était levée, avait fait la révérence, et tous deux avaient souri. Ensuite, Tim avait sombré dans l'incohérence.

Deux jours après la petite cérémonie funèbre qui eut lieu à l'entrée du canyon, Sarah répandit les cendres de Tim sur les rochers pour que la pluie les disperse dans le sol, ainsi qu'il l'avait demandé. Tim s'étant lui-même défini comme agnostique (« Franchement, en dehors des chevaux, des vaches et des chiens, je connais pas grand-chose »), il n'y eut pas de pasteur, seulement une demi-douzaine de vieux cow-boys, quelques gens de la ville, Laverne ainsi que Frank et Sarah. Après cette cérémonie, pour le déjeuner sur la galerie de Tim, Sarah avait préparé une salade jambon pommes de terre. Les vieux cow-boys burent du whisky à l'eau pendant le repas, à l'exception d'un seul qui avait fait vœu d'abstinence. Deux d'entre eux ôtèrent leur chapeau ; leur front était blafard en comparaison de leur visage bronzé et marqué. En les écoutant, elle apprit qu'à une certaine époque Tim avait été le bagarreur le plus redouté de tout le comté, ce qui ne collait vraiment pas avec l'aimable vieillard qu'elle avait connu.

Les deux jours suivants, elle s'efforça de préparer au mieux son étal de légumes du club d'éducation manuelle pour le rodéo et la foire du comté imminents. Sa longue veillée funèbre l'avait épuisée physiquement et mentalement, et elle se sentait étrangère au monde sauf lorsqu'elle prenait le volant de son pick-up. Son père ne lui était d'aucune aide, car il passait un temps fou au téléphone avec sa première femme pour savoir si, oui ou non, il fallait débrancher Frère qui était maintenant inconscient, atteint de lésions cérébrales et d'une grave pneumonie. Voilà trois ans que l'ancienne épouse de Frank fréquentait les Alcooliques Anonymes, et depuis l'accident de son fils elle buvait de nouveau. Frank n'arrêtait pas de répéter à Sarah que son demi-frère était « un légume », si bien que Sarah se sentait toute bizarre quand elle travaillait à son étal de légumes pour son club.

Par chance, elle était à l'aise dans son pick-up ; dès qu'elle dépassait le ranch des Lahren, la frontière habituelle de son univers, elle avait aussi l'impression un peu étrange de franchir le périmètre restreint de son Éden. Son père avait rejoint une coopérative regroupant une demi-douzaine d'autres cultivateurs, de sorte qu'il devait effectuer beaucoup moins de voyages à Great Falls, Helena et Missoula, les membres de cette coopérative se relayant sur les marchés. Elle roula quasiment pendant deux jours, s'arrêtant de temps à autre pour dormir sur un chemin de terre qui aboutissait dans les montagnes. Un soir, un cow-boy à cheval s'arrêta pour voir si elle allait bien, et Vagabonde devint comme folle. Ce cow-boy avait de l'allure, mais les sens de Sarah étaient aussi endormis qu'un ours en hibernation. Elle rendit même visite au lycée régional tout proche du siège du comté. C'était un immense complexe moderne, qu'elle trouva pourtant plutôt miteux ; elle eut beaucoup de mal à imaginer que dans un mois environ elle allait le fréquenter. Vagabonde, qui adorait ces virées en pick-up car les chiens aussi sont sujets à l'ennui, jeta un œil sur les bâtiments du lycée avec un air d'incompréhension. Vagabonde ignorait tout du monde parce que Tim la laissait toujours monter la garde au chalet quand il s'absentait. Sur le chemin du retour, Sarah s'arrêta sur le champ de foire pour regarder les ouvriers assembler la grande roue et le manège. Des hommes s'entraînaient à attraper des veaux au lasso, d'autres arrivaient avec des remorques. Elle comptait vraiment sur la foire et le rodéo pour lui changer les idées.

DEUXIÈME PARTIE

V

Le second et dernier soir de la foire et du rodéo, la pire chose possible arriva à Sarah en dehors d'une maladie mortelle suivie d'un décès – drame qu'elle venait d'ailleurs de vivre.

Elle ressemblait à une somnambule depuis le début de la foire et elle se mit en rogne contre Lad durant le concours du « cheval le mieux soigné », car Lad, qui détestait un autre cheval, s'était mal comporté. Bien que tenu par la bride, il avança vers l'autre animal, les oreilles rabattues en arrière et en claquant des mâchoires. On ne sait pas assez que les chevaux, comme les gens, sont parfois sujets à des haines instantanées. Les juges demandèrent à Sarah de faire sortir Lad de l'arène, mais pour ce faire elle eut besoin de l'aide d'un cow-boy, ce qui la gêna beaucoup. Le plaisir de remporter le plus beau ruban bleu pour son étal de légumes fut un peu gâché par les médiocres prestations des autres participants.

Après l'humiliation due à Lad, elle entendit avec plaisir le cow-boy qui venait de l'aider lui expliquer que Lad avait sans doute été châtré sur le tard et que, d'après lui, il était encore d'humeur combative. Elle pleurnichait toujours en mangeant un hot dog tiède quand deux filles l'abordèrent. Deux ans plus tôt, elle avait rencontré la grande fille osseuse avec son père chez Tim. La petite était furieuse et très remontée après avoir fini seulement troisième à l'épreuve de *barrel racing* où un cheval et son cavalier doivent effectuer le plus rapidement possible un slalom autour de trois barils disposés en triangle. Les deux filles savaient qu'à l'automne prochain Sarah fréquenterait leur lycée régional et elles demandèrent à la nouvelle venue si elle désirait rejoindre leur club de chasse. Pour l'instant elles étaient deux ; avec Sarah, ça ferait trois. Elles pourraient chasser l'élan près de chez Sarah, et l'antilope à cinq heures de voiture vers l'est, près de Forsyth où la grande, Marcia, avait un oncle propriétaire d'un immense ranch où abondaient les antilopes. Marcia en avait elle-même abattu trois depuis l'âge de douze ans, ainsi qu'une femelle élan près de Lincoln. Sarah avoua que, bien qu'ayant chassé une bonne dizaine de fois avec Tim, elle n'avait jamais appuyé sur la détente. Avant de passer à cette étape, Tim tenait à ce qu'elle soit capable de loger cinq balles dans une cible d'une douzaine de centimètres située à cent mètres, soit avec sa .270, soit avec son .30-06. Les filles tombèrent d'accord et ajoutèrent qu'elle aurait tout le temps de s'entraîner avant l'ouverture de la chasse.

Cette rencontre permit à Sarah de sortir brièvement mais efficacement de cet état de somnambulisme qui affecte quiconque vient de perdre un être cher. Elle n'avait personne vers qui se tourner : son amie Priscilla était une charmante écervelée et son père réussissait trop rarement à manifester ses émotions. Son propre fils agonisait ; dès le lendemain Frank prendrait un avion pour la Caroline du Sud, mais il ne parvenait pas à dire quoi que ce soit sur Tim ou sur Frère.

Elle accompagna l'irascible Lad à l'écurie, où elle lui donna du foin et de l'eau, mais pas d'avoine. Elle se dit que, si Lad s'était mal comporté, c'était en partie dû au fait qu'il n'avait pas l'habitude de se retrouver au milieu d'une foule, ce qui lui remit en mémoire la pauvreté de sa propre vie sociale. Alors qu'elle se dirigeait vers la grange des génisses où campaient ses camarades de club, elle se mit soudain en rogne contre toute cette idée de cours par correspondance, convaincue d'avoir été une marionnette manipulée par les idéaux délirants de ses parents qui croyaient que, même s'il fallait vivre au sein d'une culture donnée, on pouvait en minimiser les effets néfastes en restant le plus à l'écart possible. Elle découvrit soudain qu'elle était très heureuse que Peps fût partie avec ce riche rancher, car elle-même pouvait enfin rejoindre la race humaine.

Dans le box où Priscilla et elle campaient, Sarah s'allongea sur son sac de couchage étendu à même la luzerne fraîche à l'odeur douceâtre et têtue. Priscilla avait été renvoyée chez elle par leur chef Mme Lahren, pour mettre d'autres vêtements à la place de son short extra-court. « Ma petite dame, c'est un ras-la-touffe que vous portez là ! » dit-elle en faisant rire tout le monde. Sarah pensa qu'autour d'elle les jeunes se touchaient et s'embrassaient, alors qu'elle-même avait seulement caressé Vagabonde. Glissant la main dans le sac de Priscilla, elle tomba aussitôt sur les préservatifs attendus, puis elle trouva ce qu'elle désirait, une petite collection de bouteilles échantillons de Kahlúa. Sarah n'aimait pas le whisky ni la bière, mais elle avait un faible pour le parfum café-chocolat du Kahlúa. Priscilla accompagnait sa mère au magasin d'alcools du siège du comté quand celle-ci renouvelait le stock de la taverne du village. Pendant que Giselle choisissait ses bouteilles, Priscilla allait dans la chambre froide avec l'employé débile, âgé d'une trentaine d'années, et elle le laissait lui sucer les seins pendant une minute en échange d'une douzaine de mignonnettes de Kahlúa. En entendant cette anecdote, Sarah avait dit : « Tu es vraiment biologique, toi », et Priscilla de répondre : « Putain, ça veut dire quoi ? »

Allongée sur le dos pour écouter Grateful Dead sur son lecteur de cassettes, Sarah s'étonnait qu'une minuscule bouteille de gnôle puisse vous faire autant de bien. Elle dormit deux heures jusqu'au dîner.

Dans une salle dressée au milieu du terrain de foire, ils eurent droit à leur barbecue annuel. À l'extérieur, il y avait un nombre respectable de demi-bœufs qui rôtissaient sur des grils chauffés au bois. Il y eut au moins cinq cents convives qui burent de la bière et se régalèrent de viande. Le whisky était interdit dans le périmètre de la foire, mais la plupart des hommes avaient leur flasque personnelle. Dès la fin du repas, on repoussa toutes les tables sur le côté, puis un orchestre country qui venait de parcourir cinq cents kilomètres depuis Billings commença de s'installer. Mme Lahren avait beaucoup insisté pour qu'avant ce groupe Sarah accepte d'assurer la première partie de la soirée sur un piano droit. Sarah s'était planquée aux toilettes pour descendre en une seule gorgée une autre mignonnette de Kahlúa en sentant la chaleur de l'alcool envahir son corps. Presque tous les jeunes réunis là auraient préféré un groupe de rock, mais c'étaient des ranchers qui supervisaient la foire : les ragtimes et les boogie-woogies de Sarah constituaient un compromis acceptable. Elle savait jouer sans partition et elle échangea des regards avec le violoniste de l'orchestre country qui branchait les amplis. Priscilla lui avait parlé de cet orchestre. Le violoniste, un gros type patibulaire âgé de moins de trente ans, transportait des chevaux pour gagner sa vie, avec son associé, le bassiste, parce que leurs prestations musicales ne leur rapportaient pas assez. Ce jour-là, ils avaient décroché une médiocre cinquième place au concours de capture de veau au lasso, et ils étaient trop distraits pour être vraiment bons. Elle savait aussi que ce violoniste s'appelait Karl et qu'il était originaire de Meeteetse, dans le Wyoming.

Elle joua une demi-heure et ravit son public ; puis, pour finir, elle entama un petit morceau de Mendelssohn, et Karl avança sur la scène pour l'accompagner magnifiquement, à la grande surprise de Sarah. Il s'inclina ensuite vers elle en la gratifiant d'un regard de braise qui n'était peut-être pas feint. Les nerfs à vif, épuisée, elle avait une seule envie : quitter la scène et s'envoyer son troisième Kahlúa miraculeux.

« Quel âge as-tu, ma jolie ? dit Karl en lui serrant le bras beaucoup trop fort.

— J'ai quinze ans, monsieur. » Aux hommes plus âgés qu'elle, Sarah donnait toujours du monsieur.

« Quinze ans, t'en prends pour vingt », répondit Karl en riant avant de tourner les talons.

Sarah avait déjà entendu cette blague et elle en connaissait le sens : si un homme faisait l'idiot avec une fille de quinze ans, il risquait de passer quelques années à la prison de Deer Lodge, même s'il avait moins de chances de se faire arrêter à la campagne qu'en ville. Elle se sentit curieusement flattée de constater qu'on pouvait la désirer ; de fait, même si elle faisait cet effet à presque tous les hommes qu'elle croisait, Sarah ne s'en apercevait jamais. En tout cas, c'était différent de ce qui lui était arrivé la veille, quand un sale type crasseux et laid qui montait le manège lui avait déclaré qu'il avait bien envie de lui fourrer sa langue quelque part, une expression qu'elle avait déjà entendue, mais dont elle ne saisissait pas le sens.

Après avoir bu son Kahlúa dans l'obscurité, elle regarda le rectangle jaune de lumière que la grande porte ouverte de la salle de danse formait, et elle se sentit submergée de solitude après la mort de Tim, car l'orchestre jouait *San Antone Rose* de Bob Wills, l'un des morceaux préférés du vieux cow-boy. Elle ravala un sanglot et rejoignit très vite son campement dans la grange des génisses, sans comprendre pourquoi l'alcool la déprimait au lieu de la détendre. Terry, son copain amateur de littérature, lui avait donné le roman *Lumière d'août*, qu'elle commençait à peine, mais elle ressentait la même chose que la jeune Lena debout au bord du chemin de terre. Elle s'arrêta devant la grange pour essayer de vomir, mais en vain. Puis elle rejoignit son sac de couchage et dormit du sommeil des morts. Au milieu de la nuit, elle entendit un instant Priscilla de l'autre côté du box avec un garçon, mais elle se rendormit aussitôt en se rappelant un jour d'été à Findlay où Frère lui avait appris à faire du roller.

Elle se leva à l'aube et sella Lad. Après les récentes incartades de son cheval, elle avait l'intention de le dresser. En quittant le terrain de foire, elle fit halte pour regarder Karl le violoniste endormi à plat ventre sous un peuplier, à côté d'une caravane. Elle se demanda comment on pouvait se saouler, sans doute en mélangeant plusieurs alcools, au point de s'écrouler par terre comme le plus ordinaire des cochons, en étant incapable de s'installer un peu confortablement. Tim lui avait dit que ces ivrognes étaient sans doute des gens malheureux – une explication assez simple.

Elle fut ravie de mener son cheval à travers une campagne inconnue, elle permit même à Lad de poursuivre un gros lièvre sur un plateau couvert de sauge, une traque que Vagabonde avait apprise au cheval. Il faisait incroyablement frais en ce début de matinée d'une journée qui deviendrait bientôt caniculaire, et Sarah s'émerveilla de sentir son humeur s'accorder au climat. Elle s'engagea sur une piste qui montait le long d'un versant de montagne boisé et elle écouta les chants d'une multitude d'oiseaux. Tout était parfait, sauf un léger fond migraineux ; elle mit donc pied à terre et mena Lad par la bride pour voir si la marche ne viendrait pas à bout des vapeurs de l'alcool. Elle repensa aux vieilles rumeurs jadis entendues avant de quitter Findlay : la police aurait surpris la première femme de son père, la poivrote, nue à minuit dans un jardin public en compagnie de plusieurs adolescents.

Deux heures plus tard elle revint d'excellente humeur sur le champ de foire, en remarquant que Karl gisait toujours à plat ventre sous le peuplier, et que son associé le bassiste buvait une bière matinale sur les marches de la caravane. C'était le dernier jour de la foire et l'on démontait les étals de légumes pour éviter que ceux-ci ne pourrissent. Sarah donna les siens à une femme qui vivait non loin de chez eux avec son mari ouvrier saisonnier et leurs quatre enfants, dans un hangar décrépit.

Elle tomba sur ses nouvelles connaissances, Marcia et Noreen, les deux membres du club de chasse féminin. Elles partirent toutes les trois en voiture pour se baigner dans un cours d'eau situé à quelques kilomètres de là. Marcia avait une énorme sono qu'on branchait sur l'allume-cigare de la voiture, deux packs de bière dans de la glace et quelques sandwichs à la saucisse, le pique-nique classique du Montana. Il faisait très chaud et Sarah, renonçant à ses résolutions prises le matin même, but autant de bière que les deux autres filles. Elles chantèrent avec Mick Jagger sur *Honky Tonk Woman* tout en se baignant nues. Elles finirent la bière, puis retournèrent sur le champ de foire où jouait un groupe bluegrass local. Sarah dansa avec une demi-douzaine de cow-boys, dont elle repoussait les mains qui se posaient trop souvent sur ses fesses. Elle but aussi quelques gorgées de whisky parfaitement superflues. Karl apparut, pas tout à fait remis de ce qu'il avait bien pu faire la veille au soir, le regard froid et vitreux. C'était un danseur incroyablement doué, mais ils furent bientôt fatigués et ils rejoignirent le campement de Sarah pour se reposer en compagnie de Priscilla et du bassiste, qu'elle ne semblait guère apprécier. Tout le monde était resté dehors dans le crépuscule grandissant pour attendre le feu d'artifice. Lorsque Karl se fit plus pressant, elle réussit à le repousser malgré la taille du violoniste. Dans le coin obscur du box, le bassiste sortait des flasques de son sac et préparait des boissons. Quand Sarah déclara qu'elle voulait seulement de l'eau, il en fit couler d'un robinet. Ils portèrent un toast aux premiers feux d'artifice qu'ils virent derrière la fenêtre crasseuse. Moins d'une minute plus tard, Sarah descendit en flottant au fond d'un trou noir que dans son délire inconscient elle prit pour l'une des mines ouvertes abandonnées de la région. L'un des surnoms de la kétamine est bel et bien « trou noir ». Karl avait trouvé ce médicament grâce à un vétérinaire pour l'aider à calmer les chevaux rétifs avant de les transporter. Il suffisait d'en administrer une faible quantité à une fille récalcitrante pour pouvoir la baiser. Néanmoins, il ne réussit pas à bander à cause des drogues et de l'alcool qu'il avait ingérés, mais il se dit qu'en tout état de cause un cul était un cul. Et que lui bouffer la touffe, c'était mieux que rien. Il mâchonna donc tant qu'il put. Le bassiste et lui expédièrent le boulot en vitesse, si l'on peut dire, puis ils plièrent bagage et rentrèrent à Billings.

Quelques heures plus tard, Sarah se réveilla avec une migraine et une nausée carabinées, la chemise relevée jusqu'au cou, son jean et sa culotte entortillés autour des chevilles. Priscilla pleurait dans l'angle du box, le buste couvert de vomi. Sarah se rhabilla et prit le gros couteau de poche que Priscilla gardait près d'elle pour se protéger. Il commençait de pleuvoir quand elle marcha vers la caravane de Karl, le couteau à la main. Elle ne doutait pas une seconde qu'elle allait le tuer, mais le pick-up et la caravane avaient disparu. Elle avait le vagin irrité, à vif, et les seins douloureux.

VI

Le matin de bonne heure Sarah courait, alors qu'elle n'avait jamais beaucoup couru. Ensuite, elle se sentait apaisée. Vagabonde et Lad couraient avec elle, mais la chienne se montrait tyrannique et contraignait tout le temps Lad à galoper derrière.

Elle dépensa une partie de l'argent de Tim pour acheter un piano droit à sept cents dollars. Son père fut fâché qu'elle ait fait cet achat sans solliciter sa permission, et quand elle lui demanda pourquoi, il répondit : « Je ne sais pas. »

Lorsqu'il se lassa de l'entendre jouer pendant des heures d'affilée, elle convainquit un groupe de garçons de son club de transporter le piano sur la galerie de Tim où l'instrument resterait jusqu'à la fin de l'été et les premières pluies automnales. La lampe de la galerie lui permettait de jouer la nuit, mais elle l'allumait seulement quand elle travaillait un morceau qu'elle ne connaissait pas bien ou qu'elle en apprenait un nouveau. Sinon, elle préférait jouer dans l'obscurité et la musique l'enveloppait alors plaisamment dans les doux bras de la nuit.

Le piano et la course à pied étaient les seules activités qui apaisaient l'intense souffrance de son cœur et de son esprit. Les premiers jours, elle n'avait pas réussi à comprendre pourquoi elle avait si mal au pubis, puis elle s'était dit que Karl lui avait sans doute mâchonné la vulve. Face à un miroir, elle avait constaté que son hymen était intact et que beaucoup de poils avaient été arrachés. Dans la dernière vision dont elle se souvenait avant que la kétamine ne fasse son effet, Karl lui avait repoussé les genoux contre les seins et il tripotait son gros pénis mou, le visage tout rouge comme si on l'étranglait. Elle avait décidé de l'abattre froidement, mais seulement lorsqu'elle pourrait s'en tirer sans problème. Elle n'avait nullement l'intention de se faire encore du mal. Marcia, son amie du club de chasse, possédait une .22-250 qu'elle utilisait pour descendre les chiens de prairie à une distance de quatre cents mètres. Quand la balle explosait la tête du chien de prairie, Marcia appelait ça « une brume rouge ». Elle imagina avec plaisir le même impact sur la tête de Karl. S'il était capable de faire une chose pareille à une fille, il méritait clairement la mort.

Lorsque le lycée ouvrit ses portes, Priscilla et elle étaient beaucoup moins proches, ce qu'on peut sans doute comprendre, car la douleur partagée était insoutenable. Priscilla se mit à picoler dès le matin et Giselle, sa mère, dut la faire entrer dans une clinique d'Helena qui accueillait les adolescents alcooliques. L'amitié naissante de Sarah pour Marcia l'aida à supporter cette séparation. Afin de se préparer à l'ouverture imminente de la saison de chasse, Sarah, Marcia et Noreen, la minuscule amie de Marcia, se rendaient deux fois par semaine au champ de tir. Tirer sur une cible réduite aux contours d'un cerf et située à des distances variant entre cent et trois cents mètres avait quelque chose d'absurdement reposant.

L'autre ami de Sarah était ce jeune homme amateur de livres et affligé d'un pied bot, Terry. Pour des raisons évidentes elle ne s'intéressait plus aux écrivains à la virilité affirmée et elle se mit à lire Jane Austen, Emily Brontë, Katherine Anne Porter ainsi que des auteurs plus modernes comme Margaret Atwood et Alice Munro. Elle avait décidé depuis longtemps que, pour supporter son secret, il lui faudrait faire appel à toutes ses capacités. Par pure perversité, elle s'inscrivit au Club biblique. Elle connaissait bien le jargon évangélique grâce à sa mère Peps, mais la seule raison de cette inscription était de lancer tous les garçons du lycée sur une fausse piste. Ils la crurent bientôt « toquée de religion » et se convainquirent qu'aucun d'eux ne s'approcherait jamais de son corps. Sa distance les irritant, ils la snobèrent.

L'amitié comportait certains problèmes ; ainsi, Terry était amoureux de Sarah, et Marcia, qui mesurait quinze centimètres de plus que Terry, était folle de lui. Cet amour semblait étrange à Sarah, mais Marcia lui confia que son père et ses trois frères étaient « des connards d'abrutis » et que Terry était un vrai gentleman. Marcia ajouta qu'elle savait très bien que tous les jeunes cow-boys qui lui faisaient du gringue s'intéressaient seulement à son père, le propriétaire du plus gros et du meilleur ranch de tout le comté. Le Montana n'était certes pas le pays de l'égalité des chances, et si un jeune homme ou une jeune femme décrochait son entrée officielle dans un gros ranch, il ou elle effectuait alors un bond gigantesque et inespéré vers le haut de l'échelle sociale.

Ce qui tracassait surtout Sarah, c'était que sa personnalité commençait à s'affirmer. Elle croyait avoir perdu sa fantaisie, et son imagination était très limitée, sauf lorsqu'elle se laissait emporter par la musique, mais même alors elle n'était pas aussi exubérante qu'avant le viol. Un dimanche après-midi, par une merveilleuse journée de l'été indien, elle rejoignit son canyon secret en courant, Lad et Vagabonde sur ses talons. Elle s'assit sur un gros rocher et pleura. Sarah pleurait pour la première fois depuis l'événement, quatre-vingt-dix jours plus tôt, et, tout en pleurant, elle sentit son corps se convulser à cause de la laideur des gens. Elle se demanda comment elle allait pouvoir digérer l'épreuve qu'elle venait de traverser. Elle n'avait pas d'autre choix que de s'en accommoder. Ses pleurs plongèrent Vagabonde dans le désarroi et la chienne se mit à danser autour de sa maîtresse comme pour la supplier de se reprendre. Pour la première fois, elle parla durement à Vagabonde, qui s'éloigna la queue entre les pattes et se coucha sous un genévrier. Sarah cria : « Putain de Dieu ! », puis elle s'élança à toute vitesse sur un sentier pentu qui grimpait le long de la montagne jusqu'à ce qu'elle soit certaine que sa blessure allait éclater et qu'elle en aurait fini avec elle.

Elle se mit inévitablement à considérer les

hommes comme une espèce différente. Non qu'elle réussît à trouver en elle-même la moindre admiration pour les femmes. Sa mère, par exemple. Elle recevait des cartes postales de Peps, qui étaient à chaque fois d'une bêtise consommée. « On dirait que Clyde et moi allons acheter un appart à Maui », ou bien : « Le gouverneur est venu dîner à la maison et j'ai été fière comme jamais d'être assise à côté de ce valeureux républicain. » Peps était la parodie absolue d'une imbécile, mais ses cartes postales valaient sans doute mieux que rien, car le père de Sarah sombrait dans la solitude et l'amertume.

Sarah se mit à jauger les hommes et peu d'entre eux passaient avec succès ses tests impitoyables d'évaluation culturelle. Il y avait bien sûr son copain Terry, hyper-cultivé, et son irrésistible professeur de biologie, un jeune diplômé de l'université d'État du Montana, à Bozeman. L'enthousiasme de ce jeune homme pour la botanique, la chimie et la biologie était contagieux, même avec ses élèves les plus nuls, qui étaient nombreux. Sarah savait qu'il avait un faible pour elle, mais c'était un simple constat, qui ne signifiait nullement qu'il s'agissait d'un violeur. Et puis il y avait son père taciturne qui était un père taciturne acceptable.

Un samedi, elle alla déjeuner chez Terry. Le père et le frère du garçon étaient partis à la vente de bétail d'automne, mais Terry tenait à ce qu'elle rencontre sa mère. La cabane de la pompe et la cuisine étaient tout ce qu'il y avait de plus ordinaire, mais, à part ça, la maison était majestueuse, comme si on l'avait transportée tout droit de la Nouvelle-Angleterre. La mère de Terry s'appelait Tessa, elle venait de Duxbury, dans le Massachusetts, elle avait fait ses études à Smith College, et elle avait rencontré son futur mari, un cow-boy, dans un hôtel-ranch où elle était descendue avec ses parents. Sarah avait eu vent de la rumeur selon laquelle c'était l'argent de Tessa qui, trente ans plus tôt, avait payé le ranch actuel, un cadeau de mariage du père de Tessa.

Ce fut surtout la bibliothèque qui stupéfia Sarah. Il y avait des milliers de livres, du sol au plafond, et une échelle mobile pour accéder aux rayons supérieurs. Ses yeux s'embuèrent et toutes ces jaquettes aux couleurs douces ressemblèrent alors à un paysage peint. Tessa n'avait jamais assisté à la moindre réunion d'aucun établissement scolaire local ni d'aucun club d'éducation manuelle, et quand Sarah entendit sa voix, cet accent de l'est du pays lui parut étranger comme si cette femme avait grandi dans un autre pays. Sarah l'avait vue de loin sauter à cheval au-dessus de la barrière en bois d'un corral, juchée sur une extraordinaire selle anglaise. Pendant que Sarah restait pétrifiée dans la bibliothèque et que dans un coin Terry faisait semblant de chercher quelque chose d'un air gêné, Tessa continua de parler. La voix de Tessa était légèrement pâteuse, comme celle de Giselle, la mère de Priscilla, quand elle prenait des tranquillisants pour se remettre de la perte d'un petit ami. « Pardonne ma vulgarité, mais le Montana est un endroit débile et ma réaction consiste à lire, mais il est vrai que je réagissais déjà ainsi dans le Massachusetts. » Elle tenait les mains devant elle en un geste d'impuissance, et Sarah se dit que toutes les femmes de sa connaissance parlaient peut-être de la même manière parce qu'elles avaient les mêmes choses à dire. « Chaque année, je passe un mois à San Francisco avec ma sœur et un mois à Boston pour rester en contact avec le monde réel. Mais ici, rien à faire sinon regarder le cul des vaches. Je sais que Terry ne t'a jamais donné de poésie à lire, parce que dans cette région le moindre sentiment profond passe pour ridicule. »

Quand Sarah s'en alla, son crâne abritait une agréable tempête. Dans cette partie reculée du Montana, on oubliait aisément l'existence de toutes sortes de gens dont on entendait seulement parler en lisant ou en écoutant la radio publique nationale. Elle n'avait pas pu regarder la télévision depuis les films de son enfance, *Sesame Street*, *Lassie* et Walt Disney. Lorsqu'elle partit après un déjeuner comiquement terne, elle emporta *Harmonium* de Wallace Stevens et *Le Pont* de Hart Crane. Tessa lui déclara qu'elle pouvait utiliser la bibliothèque à sa guise ; ainsi, elle ne serait pas influencée par les goûts de Terry. Par exemple, le garçon détestait Jane Austen. Le lendemain, un dimanche, elle partirait à cheval avec Tessa qui voulait lui montrer un torrent de printemps situé derrière leur ranch. Quand Terry raccompagna Sarah jusqu'au pick-up de son amie, il s'excusa pour les excentricités de sa mère en ajoutant qu'elle buvait beaucoup trop de vin et prenait trop de médicaments. Ces excuses irritèrent Sarah, qui rétorqua qu'à son avis la mère de Terry était formidable. Il fit grise mine et elle lui serra sobrement la main.

Sarah savait qu'elle devait surtout lutter contre un abattement qui s'emparait de plus en plus souvent de son esprit et où elle voyait le signe annonciateur d'une dépression. Le point positif de sa rencontre avec Tessa, c'était qu'elle lui donnerait peut-être l'occasion de ressembler à sa tante Rebecca, l'astronome de l'Arizona qu'elle voyait rarement. À quinze ans, Sarah savait que, si elle voulait trouver sa place dans ce monde, il lui faudrait la définir par rapport à certains personnages de roman et à Tessa, dont la place était assurée par la richesse de sa famille. Sur les treize filles de sa classe, trois seulement espéraient aller à l'université et quatre désiraient devenir hôtesses de l'air, car elles voulaient voyager. Les six autres comptaient se marier et rester à l'endroit où elles se trouvaient déjà.

VII

« Tu es si calme. À quoi penses-tu ? demanda Tessa.

— À tuer quelqu'un, répondit sèchement Sarah sans réfléchir.

— Nous avons toutes rêvé de tuer quelqu'un, dit Tessa en riant. Mais on ne sert pas de vin dans les prisons américaines. Quelle horreur. »

Elles s'installèrent sur un rocher plat à côté de la source et regardèrent de petites truites de rivière nager paresseusement dans le bassin. Elle avait laissé Vagabonde à la maison et elle se sentait vaguement honteuse de partir en balade sans la chienne. Tessa pérorait pour convaincre Sarah d'aller dans une université de l'est du pays, comme Smith, d'autant qu'elle était certaine que la jeune fille pourrait obtenir une bourse d'études. Pendant ce temps-là, Sarah pensait qu'elle ne pourrait fréquenter aucune université sans sa chienne et son cheval. Elle se disait aussi qu'elle descendrait Karl pendant la saison de la chasse, quand les coups de feu seraient monnaie courante.

Quelques jours avant l'équipée de la chasse à

l'antilope, les choses s'accélérèrent. Terry mourait d'envie d'y participer et les filles n'arrivaient pas à se décider. Sarah et son père Frank furent convoqués à une réunion avec le proviseur du lycée et la conseillère d'orientation, qui croyaient tous deux que Sarah était trop brillante pour continuer de suivre les cours de leur établissement. Ils n'avaient tout simplement jamais eu une élève comme elle et ils proposèrent de lui faire passer son examen final au printemps suivant. Elle aurait seize ans durant l'été, et c'était sans doute assez âgé pour entrer à l'université.

Ils étaient dans le bureau du proviseur, lequel fit glisser sur la table un contrôle de fin de trimestre. Ce proviseur était un homme agréable, mais aussi un célibataire endurci à la voix de fausset, et beaucoup de lycéens disaient en blaguant qu'il était peut-être « de la jaquette ». Sarah avait rédigé cette dissertation à la demande de son professeur, cependant son texte, intitulé « Pourquoi j'ai l'intention de devenir métallurgiste plutôt que romancière », sortait du lot. Frank le parcourut rapidement, en remarquant avec plaisir l'enthousiasme de sa fille pour la nature des métaux, une découverte que Sarah devait au manuel de métallurgie utilisé par son père en première année à Purdue, et puis il y avait une citation de Sarah, tirée de *Men of Mathematics* de Bell. Il passa très vite sur les développements relatifs à l'art du romancier, car il ne lisait jamais de romans, et les essais le plongeaient parfois dans une rage noire. *Une rumeur de guerre*, de Philip Caputo, constituait l'une des raisons majeures de son déménagement de Findlay pour le Montana, la pensée de son copain d'enfance mort pour rien au Vietnam lui faisant presque perdre l'esprit. Sarah écrivait qu'elle adorait lire des romans parce que les émotions des personnages « supplantaient » l'intérêt qu'elle portait aux siennes. Elle se sentait souvent incapable d'assumer le poids de sa propre existence, et il était alors merveilleux de se réfugier dans les livres. Contrairement à son ami Terry, elle ne pourrait pas devenir écrivain, car chaque jour est la fin de la vie telle que nous la connaissons, et Sarah avait besoin de la stabilité des sciences pour la supporter.

Quand la conseillère d'orientation déclara que Sarah aurait sans doute besoin d'aide psychologique pour surmonter cette mélancolie, le proviseur s'écria : « Absurde ! » Il faisait frais dans cette pièce, les vitres vibraient sous les assauts du vent de novembre, mais Sarah se sentait vidée et la sueur perlait à son front. Elle avait enfin réussi à entrer dans un lycée public, et l'on voulait déjà se débarrasser d'elle. En règle générale, les adultes manipulaient sans pitié les générations plus jeunes. L'autre jour seulement, cette rébarbative conseillère d'orientation âgée d'environ trente-cinq ans, qui était mince au-dessus de la taille et grosse en dessous, lui avait dit qu'il était « difficile d'être jolie et intelligente », parce qu'alors on avait « tout ». Sarah n'avait pas pris la peine de lui demander des explications, car elle détestait l'attitude hautaine de cette femme.

Sur le chemin du retour, Frank déclara sans s'adresser vraiment à Sarah que, même s'il aimait bien le Montana parce qu'on avait l'impression d'y vivre dans les années cinquante, il était peut-être difficile pour une jeune personne de s'y préparer au monde réel, à moins que cette personne ne compte rester dans le Montana. Puis il ajouta qu'une femme allait venir lui rendre visite, avant d'ajouter qu'il espérait que ça ne dérangerait pas Sarah. Bien sûr que ça la dérangeait, mais à quoi bon l'avouer ? Une autre note discordante dans sa cacophonie mentale ne l'aiderait certainement pas à s'en sortir, mais à cet instant précis dans le pick-up paternel elle répétait la recette de la tourte au gibier qu'elle comptait préparer pour le dîner. D'ailleurs, Marcia viendrait partager leur repas pour faire des projets de dernière minute en vue de leur équipée de chasse à l'antilope. Une fois de plus elle se sentait complètement vide et, en regardant son père, elle se demanda si lui aussi abritait dans son esprit ces lieux vides et froids, ainsi que tous ces points d'interrogation métalliques, ou bien si son mental était plein et harmonieux.

À leur arrivée, la femme était déjà là. Vêtue d'un tailleur strict, elle se tenait au seuil de la serre. Frank avait déclaré qu'elle s'appelait Lolly, que c'était une cousine au troisième degré, de parents italiens, et qu'elle travaillait dans l'agroalimentaire. Elle avait pris l'avion jusqu'à Missoula, puis loué une voiture, et Sarah remarqua qu'elle était évidemment furieuse de marcher dans la boue de la cour sur la pointe des pieds, et qu'elle avait des jambes assez courtes. Lorsque Lolly et son père s'étreignirent avec passion, Sarah se sentit étrangement contente pour lui. Peps et Frank s'étaient souvent disputés, mais à cause des bruits qu'ils faisaient la nuit elle savait que leurs querelles ne compromettaient pas leur vie sexuelle.

Quand on les présenta l'une à l'autre, Lolly gratifia Sarah de ce long regard appréciateur que les petites personnes adressent souvent aux gens plus grands qu'elles, mais elle souriait. Frank servit à boire à Lolly et à lui-même, puis ils disparurent dans la chambre à coucher.

En mettant les pommes de terre au four et en préparant la tourte au gibier, Sarah réfléchit à la perplexité où la plongeaient les poèmes de Wallace Stevens ; or le sentiment de trouver une solution la faisait toujours penser à une chose à laquelle elle n'avait jamais pensé auparavant. Elle se rappela alors un rêve troublant de la nuit précédente et se dit tout à trac qu'elle devait faire grandir sa vie pour que son traumatisme devienne de plus en plus petit. Dans son rêve, elle apprenait l'équitation au beau cow-boy mexicain qui avait fait descendre l'étalon au bas d'une remorque sur le ranch des Lahren. Elle le saisit à bras-le-corps quand il mit pied à terre et il glissa durement contre la poitrine et le ventre de Sarah. C'était agréable en rêve, mais quand elle se réveilla à demi, Sarah eut envie de vomir. Elle alluma la lumière et lut un poème de Hart Crane qui semblait bon, tout en demeurant incompréhensible. Terry lui avait appris que Hart Crane s'était suicidé, un choix auquel elle-même pensait, toutefois Tim avait aussi dit à Sarah que, si jamais elle avait un enfant, et même si c'était une fille, elle devrait l'appeler Tim.

Pour une raison ridicule, le dîner ne se passa pas très bien. Lolly déclara que les tomates farcies étaient « merveilleuses » parce que Sarah utilisait du thym frais et beaucoup d'ail, puis elle ajouta que le bœuf de la tourte à la viande avait « un drôle de goût ». Sarah lui répondit que c'était en fait de la viande hachée de gibier à laquelle elle avait ajouté un tiers de viande de porc. Lolly fila aussitôt aux toilettes pour cracher ce qu'elle avait dans la bouche. Lorsque Marcia éclata d'un rire sonore, Sarah lui lança un regard noir. Lolly revint à table avec les larmes aux yeux, puis s'excusa en disant que *Bambi* était son livre et son film pour enfants préférés. Marcia continua à pouffer de rire et à manger comme quatre. C'était une grande fille solide qui travaillait avec toute l'énergie d'un homme. Hormis le rituel du déjeuner dominical, leurs repas étaient copieux et rapides. Marcia raconta qu'en se réveillant à l'aube, elle avait vu un coyote chasser dans le pré une brebis qui traînait la patte.

« Par la fenêtre de ma chambre, j'ai fait faire un saut périlleux à ce fils de pute avec ma .280 », ajouta Marcia.

Frank expliqua ces paroles pour Lolly, laquelle s'écria : « Oh, mon Dieu ! »

Pour laisser les coudées franches au père de Sarah, les filles rejoignirent en pick-up le chalet de Tim, puis firent un feu dans le poêle à bois. Sarah avait vidangé la tuyauterie pour l'hiver, mais elle se rendait toujours au chalet afin de se consoler de ses malheurs. Elle parlait alors à Tim comme s'il s'affairait devant la cuisinière pour préparer les escalopes de poulet frit qu'elle aimait.

Dans les dernières lueurs du crépuscule de ce début novembre, Sarah lança du maïs brisé pour ses pies, un membre querelleur mais tout aussi joueur de la famille des corvidés. En classe de CE1, dans l'Ohio, les oiseaux la fascinaient déjà, et Peps l'emmenait souvent se promener en forêt pour qu'elle tente de les identifier. Peps ne connaissait le nom d'aucun oiseau en dehors du rouge-gorge, mais elle déclarait volontiers qu'ils formaient « le chœur de Dieu ».

Elles passèrent en revue tout ce qu'elles devaient emporter, et Marcia annonça que l'irritable Noreen, l'autre membre de leur club de chasse, ne pourrait pas venir à cause de sa mère qui commençait une chimio, si bien qu'elle avait invité Terry. Marcia espérait que Sarah n'y verrait pas d'inconvénient, et Sarah ne dit rien car elle se trouvait devant le fait accompli. Elle espérait seulement que Terry ne se lamenterait pas trop sur le sort du monde, une habitude susceptible de rendre n'importe qui cinglé. Alors Marcia ajouta une chose qui atterra Sarah : elle avait l'intention de séduire Terry. Elle rougit, chose qui ne lui arrivait jamais. Sarah dit que, sachant Marcia très amoureuse de Terry et lui très porté sur « la chose », elle pourrait sans doute arriver à ses fins en lui faisant des avances franchement sexuelles.

« Pourquoi pas ? » dit Marcia d'un air gêné.

Après le départ de son amie, Sarah décida de passer la nuit au chalet. Vagabonde fut ravie. Assises devant le poêle à bois brûlant, elles écoutèrent les froides bourrasques de novembre. Elle pensa à Tim, mais ne réussit pas à s'imaginer en train d'élever une fille ou un fils prénommé Tim. Pour l'instant, la première étape consistant à faire l'amour avec quelqu'un lui semblait à jamais exclue. Si elle devait avoir un saint patron, ce serait Tim. Plusieurs fois, elle s'était rappelé que Tim aurait voulu qu'elle tue Karl – et non qu'elle se tue.

Vagabonde gronda, mais Sarah soupçonna que c'était à cause de l'ourson avec lequel elle avait vu de loin la chienne jouer. Cet ourson d'un an et demi avait été mis à l'écart par sa mère au profit de la nouvelle progéniture de l'ourse. Sarah avait déjà entendu parler de jeux entre des chiens et des coyotes, mais jamais entre un chien et un ours. Vagabonde était si impitoyablement méchante et exclusive, qu'elle se demanda pourquoi la chienne faisait une exception avec cet ourson.

Elle, qui avait lu tant de nouvelles et de romans, s'irritait d'écrire essentiellement sa propre histoire au jour le jour. En dérivant vers le sommeil, elle se rappela être allée avec Terry à la fête d'anniversaire de Priscilla, parce que Giselle avait téléphoné pour dire que Priscilla était déprimée, buvait trop et avait besoin de compagnie. Giselle possédait une télé satellite dernier modèle, cadeau d'un riche ami pour son immense caravane. Tout au fond de la vallée, chez Sarah, la réception était très mauvaise, ce qui n'empêchait pas Frank de passer des heures le dimanche devant l'écran pour regarder les matchs de football, surtout si les Cleveland Browns jouaient. C'était le week-end de la fête du Travail et Terry regardait les matchs de tennis de l'U.S. Open tout en parlant du romancier Thomas

Wolfe. Tous deux avaient bien aimé *L'Ange exilé*, mais beaucoup moins les autres romans de Wolfe, qui, ainsi que le souligna Terry, montraient surtout l'écrivain parlant de lui-même. Sarah se mit à dire quelque chose, puis s'interrompit quand les gratte-ciel de New York apparurent sur l'écran, une vision qu'elle jugeait absolument incroyable. Elle déclara alors qu'en dehors de l'écriture il ne se passait pas grand-chose dans la vie de Wolfe, si bien qu'il lui fallait écrire sur ce sujet. Pourquoi un événement aussi terrible avait-il dû se produire dans sa propre vie sinon parfaitement banale ? Était-ce le destin ou le hasard ? Elle n'arrivait pas à croire au destin. Ce genre de concept était réservé aux gens importants et célèbres que la caméra montrait à l'U.S. Open. Dans les mauvais romans il se passait des tas de choses, mais beaucoup moins dans les bons. Elle demanda à Terry si ça ne le dérangeait pas de regarder le tennis alors qu'il ne pouvait pas y jouer, faisant ainsi allusion au pied bot de son ami.

« Non, dit-il, la vie m'a mis sur la touche pour que je puisse l'observer. »

VIII

Ils partirent avant l'aube et atteignirent Livingston au bout de quatre heures. Il leur en restait quatre autres devant eux pour rejoindre leur destination finale, lorsque la police ferma l'I-90, car la tempête de neige était de plus en plus violente et le vent si fort entre Livingston et Big Timber qu'un semi-remorque s'était renversé sur la voie. Assez nerveux, ils prirent une chambre avec deux lits doubles à l'hôtel Murray. Terry surtout était à cran lorsqu'il ouvrit sa valise et montra aux deux filles les six bouteilles de vin fin français qu'il avait chapardées dans la cave de sa mère. Vu qu'il n'était pas encore midi, ils tombèrent d'accord : c'était un peu tôt pour boire du vin. Marcia appela son oncle qui habitait au-delà de Forsyth afin de l'avertir de leur retard, puis ils abandonnèrent le sac de sandwichs à la saucisse qu'ils comptaient manger au déjeuner, et traversèrent la rue vers le Martin's Cafe. Après le repas, Marcia fit un clin d'œil à Sarah, qui partit vers la librairie Sax & Fryer's regarder les nouvelles parutions, et Marcia en profita pour ramener Terry à l'hôtel. Sarah se dit que, pour ne pas courir le moindre risque, elle donnerait une heure à Marcia afin de mener à bien son opération de charme.

Elle jugea le moment opportun pour effectuer quelques recherches sur Meeteetse et réfléchir à la manière la plus efficace d'éliminer Karl. Splatch ! fait le melon d'eau en explosant, pensa-t-elle, à moins qu'elle ne vise plus bas, car elle se rappelait très bien l'énorme trou de sortie percé par une balle de .30-06 dans un élan que Tim avait abattu à huit cents mètres de son chalet. L'animal était si gros qu'il avait fallu faire deux voyages pour le ramener de nuit au chalet sur un cheval de bât, après quoi Tim avait fait frire une partie du délicieux foie avec des oignons. Ses lectures avaient appris à Sarah que de nos jours la chasse répugnait à beaucoup de gens mais, dans la région qu'elle habitait, la chasse faisait partie de la vie de tous les jours.

Elle parla longuement avec le propriétaire de la librairie, un bel homme très aimable. Il savait beaucoup de choses sur la campagne située au sud de Cody et il dit que le trait le plus évident de Meeteetse, c'était l'énorme ranch Pitchfork. Son cousin y « faisait le cow-boy ». Sarah rougit, car cet homme lui rappelait Tim et il n'avait rien de repoussant. En tant que futur assassin, elle eut l'imprudence de s'enquérir de la propriété des Burkhardt, car c'était le nom propre de Karl. « Ces gens sont des vauriens », dit-il et, lorsqu'elle lui répondit qu'elle ne savait pas très bien ce que cela voulait dire, il s'expliqua : « Des vrais durs à cuire. » Le père était un vieux salopard, l'un de ses garçons était en prison à Deer Lodge pour plusieurs agressions, un autre était un musicien itinérant qui avait lui aussi fait de la prison pour vente de cocaïne et de méthédrine, et le dernier, parti vivre à Boise avec sa mère des années plus tôt, était le seul fréquentable. Quand le libraire lui demanda pourquoi elle désirait tous ces renseignements, Sarah répondit qu'une de ses amies avait eu affaire au musicien, une expérience désagréable. « Je veux bien vous croire », dit l'homme avant de montrer du doigt la bibliothèque publique située un peu plus loin dans la rue, où elle pourrait trouver quantité d'informations fiables sur cette partie du Wyoming. Elle acheta le dernier roman d'un écrivain de la région nommé Tom McGuane, que Terry adorait mais qu'elle avait trouvé un peu trop caustique à son goût.

Il neigeait, semblait-il, un peu moins, mais le vent du nord-ouest soufflait toujours aussi violemment, si bien qu'elle leva la main pour se protéger les yeux en marchant vers la bibliothèque. Karl n'avait qu'à bien se tenir, pensa-t-elle. L'abattre serait un service rendu à la société. Il restait à s'assurer de ne pas se faire prendre.

La bibliothèque était formidable, et grâce à une bibliothécaire serviable elle eut bientôt devant elle sur la table une pile de livres sur le Wyoming, mais son esprit se mit alors à battre la campagne. De temps à autre, elle entrevoyait pendant une milliseconde la possibilité de la folie. Et en même temps surgissait de son inconscient le souvenir physique, bref comme l'éclair, de ses poils pubiens qu'on arrachait. Si Dieu existe, pourquoi ne pouvons-nous pas contrôler notre esprit ? se demanda-t-elle. Elle avait évoqué cette question avec Terry, qui avait lu un peu de littérature orientale et qui lui avait répondu par cette citation : « Comment l'esprit peut-il contrôler l'esprit ? » Cette question l'avait déroutée. Dans ses moments de faiblesse, elle se surprenait à souhaiter avoir une vraie mère à qui parler. Ou quelqu'un en qui elle aurait confiance, comme Tim.

Elle passa deux bonnes heures assise à la table de la bibliothèque en regrettant l'absence d'une institution similaire dans sa région. Elle étudia même des cartes topographiques du ranch Burkhardt, qui incluaient les chemins carrossables par où arriver et partir discrètement. Il lui faudrait d'abord téléphoner pour s'assurer qu'il était là, et non pas sur la route entre deux concerts. Sans doute pour décompresser, son esprit s'abandonna à une rêverie comique incluant le petit garçon qui avait habité à côté de chez eux à Findlay quand elle avait sept ans. Il était laid, affligé de dents saillantes, et les gens lui criaient dessus quand il se promenait dans le quartier en cueillant des fleurs qu'il lui tendait ensuite à travers le grillage séparant leurs deux jardins. Elle pressait parfois la joue contre cette clôture et il l'embrassait. Peut-être, pensa-t-elle, était-ce là le summum de l'amour.

Quand elle rentra à l'hôtel, il ne neigeait plus et le vent était tombé. Devant la poste, elle entendit qu'on venait de rouvrir l'autoroute, si bien qu'ils allaient pouvoir arriver au ranch de l'oncle de Marcia avant minuit. Elle s'arrêta devant la porte de leur chambre, tendit l'oreille, regarda le couloir obscur vers le sud, où une fenêtre encadrait la lumière déclinante mais encore vive reflétée par les monts Absaroka couverts de neige. La beauté de ce spectacle lui donna la chair de poule et elle longea le couloir en voyant le soleil hivernal décliner de manière palpable. Elle ne s'imaginait pas vivre sans montagnes et elle se dit que, quoi qu'il pût lui arriver, elle avait de la chance de vivre parmi toute cette beauté.

En frappant elle entendit des chuchotements et, quand elle entra, Terry dormait, mais Marcia souriait près de lui. Elle rit et pointa les pouces vers le plafond. Décelant une légère odeur animale dans la chambre, Sarah ouvrit la fenêtre pour laisser entrer l'air froid, avant de faire du café dans la machine posée sur la commode. Elle s'assit et prit dans son sac un livre sur le génome humain en se disant qu'on découvrirait peut-être un jour le mal qui se cachait au fond des gènes de certains individus. Elle remarqua que Terry et Marcia avaient fini une bouteille de vin dont elle lut le nom sur l'étiquette, Échezeaux, et elle pensa qu'elle prendrait le volant en premier.

IX

Lester, l'oncle de Marcia, les réveilla à cinq heures du matin dans le dortoir, en tambourinant sur la porte et en criant :

« Debout là-dedans ! Assez flemmardé ! »

Il était beaucoup plus jovial que le père de Marcia, et encore plus gros. Ils étaient arrivés au ranch à dix heures et demie du soir, car aux environs de Custer, à l'est de Billings, la neige avait disparu. Dès qu'ils entrèrent chez Lester, son épouse, Lena, qui après une attaque cérébrale ne pouvait plus parler, leur servit un ragoût de travers de porc aux haricots, et presque une heure après Sarah se retrouva devant une escalope de poulet frit à la crème, des œufs brouillés et des pommes de terre. Pas étonnant que ces gens soient aussi gros, pensa-t-elle, mais en fait ils étaient grands et sans un gramme de graisse.

Terry, qui avait descendu une autre bouteille de vin dans le pick-up, refusa de se lever. Sarah les avait relégués, Marcia et lui, dans une chambrette d'angle isolée du dortoir, pour atténuer les bruits de leurs ébats amoureux. Elle dormit sur une petite banquette-lit à côté du poêle, qu'elle alimenta plusieurs fois au cours de la nuit, elle rêva qu'elle chassait le cerf à queue noire avec Tim, et qu'elle avait froid aux fesses car elle avait oublié de mettre son jean et portait seulement une culotte orange de chasseur. Elle s'interrogea sur le sens de ce rêve et ne trouva rien.

En pick-up, Lester les emmena, Marcia et elle, sur un chemin inégal où ils parcoururent deux ou trois kilomètres derrière le ranch, près d'une série de petites buttes qui donnaient sur la rivière Yellowstone. Il les déposa l'une après l'autre à un kilomètre de distance et annonça qu'il reviendrait faire un tour vers midi. Assise près d'un massif de genévriers, Sarah regarda le paysage apparaître lentement vers l'est, la lune se coucher, Vénus disparaître. Un soleil rougeâtre se leva. Des traînées de cirrus annonçaient une journée venteuse. Elle posa le .30-06 en travers de ses cuisses, se félicita d'avoir emporté une petite couverture isolante pour s'asseoir dessus et se protéger de la terre glacée. Loin au nord, elle apercevait les champs de luzerne de Lester, et vers l'est il y avait des milliers d'arpents de blé en terrain plat, qui lui firent penser à Willa Cather. À cause de cette écrivain elle avait envie de se rendre un jour dans le Nebraska, mais elle voulait découvrir de nombreux endroits, car en dehors de l'ouest du Montana elle n'avait été nulle part. Assise là, en scrutant le paysage avec ses jumelles à la recherche d'une antilope, elle sentait sous le sternum une boule de solitude. Qui connaissait-elle ? Elle se rappelait quelques amies d'enfance, six ans plus tôt. Sa grand-mère, qui avait été sa professeur de piano, n'avait plus toute sa tête et résidait désormais dans une maison de retraite. Priscilla avait disparu. Terry était enterré vivant dans son propre esprit. Marcia avait connu de bonne heure l'appel du mâle, comme tant de filles de la campagne dans le Montana, où la transition entre la fille et la femme se fait très vite. Les vrais amis de Sarah étaient l'esprit de Tim et les livres.

Vers neuf heures et demie, elle entendit un coup de fusil au nord-est et elle se dit que Marcia avait fait mouche. À travers ses jumelles, Sarah vit un groupe d'une quinzaine d'antilopes détaler vers le sud sans hélas s'approcher d'elle. Quand le vent se leva, elle battit en retraite dans le massif de genévriers et baissa les yeux vers un crâne de lièvre et une partie de son squelette. Après le temps nécessaire pour vider l'animal, Marcia apparut en se dirigeant vers Sarah, tantôt portant l'antilope sur une centaine de mètres, tantôt la traînant sur une distance équivalente. Voilà la vraie Marcia, pensa Sarah. Combien de filles de quinze ans peuvent porter une antilope de cinquante kilos ? Elle savait qu'à la demande de sa famille Marcia venait d'abattre une jeune femelle, dont on apprécierait la viande tendre et délicieuse, ainsi que le foie et le cœur. L'élan et le petit gibier étaient faciles à trouver dans leur région, mais pas l'antilope.

Marcia hissa son antilope sur le versant de la colline jusqu'aux genévriers de Sarah, puis son manque de jugeote la fit éclater de rire, car Lester devait passer à midi avec son pick-up. Quand Marcia pénétra dans le massif de genévriers, Sarah sentit la chaleur du corps épuisé de son amie. En faisant jaillir l'eau de sa gourde, Marcia lava le sang séché qu'elle avait sur les mains en disant que cette « fillette » avait seulement nécessité un tir à cinquante mètres. Elles bavardèrent un moment, et Marcia parla comiquement de Terry et de la perte simultanée de leurs deux virginités à l'hôtel, puis Marcia tapota l'épaule de Sarah en tendant le bras. Là-bas, à environ deux cents mètres vers l'ouest et en amont du vent, une jeune antilope mâle avançait au bas d'une butte le long d'un fourré de nerpruns. Marcia laissa Sarah utiliser son épaule pour se caler et Sarah décida de viser le cou. L'antilope se cabra comme un cheval, puis elle retomba sur le flanc. « T'as dégommé ce gros salopard ! » s'écria Marcia.

Je viens de tuer un mammifère, pensa aussitôt Sarah, et je peux en tuer un autre. L'opération consistant à vider l'animal fut désagréable, les vapeurs âcres et tièdes des viscères montant jusqu'à son visage dans l'air froid.

X

Bien sûr, Lolly hurla le matin où elle découvrit l'antilope accrochée dans la cabane de la pompe située derrière la maison. Quand Sarah arriva chez elle en pleine nuit, Frank se leva et la félicita. Avant d'aller se coucher, Sarah déplaça les trois valises vides que Lolly avait rangées dans un coin de sa chambre. Cette salope ose se servir de ma chambre comme d'un débarras ! pensa Sarah. Cédant aux prières de Frank, Sarah transporta la carcasse de l'animal jusque chez Tim et régla la température du chauffage sur quatre degrés, une bonne température pour conserver le bœuf et le gibier sauvage. Elle attendrait une semaine avant de le découper et d'envelopper les morceaux destinés au congélateur. Vagabonde se montra ravie quand sa maîtresse fit griller les tranches de cœur et les partagea.

Ils avaient mis un jour de plus à rentrer chez eux, car Terry désirait voir le confluent de la Yellowstone et du Missouri entre Sidney et Williston, un endroit magnifique et riche d'événements historiques. Mais Sarah fut distraite par la perspective de devoir faire une répétition générale sur le territoire de Karl. Elle ne pouvait pas y pénétrer au jugé et improviser l'assassinat. Elle avait aussi l'impression lancinante qu'elle n'aurait pas dû faire l'amalgame entre le fait d'abattre cette antilope et son projet de tuer Karl. Bonne élève en histoire, elle savait que les humains trouvent toujours d'excellentes raisons pour s'entretuer ; mais l'équilibre mental est une chose fragile et, durant le trajet du retour sur la Route 2 à travers le nord du Montana, ils firent halte dans un boui-boui de Wolf Point et elle repéra une trace de l'odeur de Karl dans le yoghourt, les pastilles mentholées, les bouses de vache, et elle se sentit de nouveau prête à tuer. Un quart d'heure plus tard seulement, sur le parking, elle vit un groupe d'Indiens Anishinabe descendre d'une vieille voiture et elle pensa que, de tous les Américains et au même titre que les Noirs, c'étaient eux qui avaient le droit de tuer des gens. Elle resta debout dans le vent glacé en espérant que son cerveau cesserait bientôt de ressembler à un ascenseur tressautant.

Elle tenta de résoudre les difficultés du début de l'hiver en recourant à l'épuisement physique. Un matin, une semaine avant Noël, Lolly lui dit :

« Quand on traîne avec les chevaux et les chiens, on se met à sentir le cheval et le chien. »

C'était au petit déjeuner et Sarah répondit :

« Je préfère l'odeur des chevaux et des chiens à celle des humains. »

Offusquée, Lolly s'en alla dans la chambre et Frank fit à Sarah un sermon sur la civilité qu'elle trouva injustifié. Elle enfourcha Lad et partit faire une balade harassante dans la neige ; Vagabonde les rattrapa bientôt et dévora un lièvre entier, en laissant une grande traînée de sang sur la neige. Quand Sarah revint à la maison, elle prépara une valise sommaire, sans oublier les paquets de viande d'antilope congelée, puis rejoignit le chalet de Tim, où elle joua du piano pendant des heures. Elle pleura un peu, puis comprit que ses larmes ne la feraient pas avancer d'un iota. Elle pensa au mal qu'on pouvait faire à quelqu'un, un mal parfois incalculable, et puis il y avait aussi le mal qu'on se faisait parfois à soi-même, en s'endurcissant. Tout en jouant, elle se dit que la femme la moins dure du monde, Emily Dickinson, était l'une de ses poétesses préférées. Il lui semblait malgré tout qu'elle n'avait pas d'autre choix que de devenir prématurément âgée et austère. Elle allait vivre dans ce chalet comme une religieuse cloîtrée, puis elle finirait par quitter la région pour tenter de trouver une autre vie.

Quand le lycée rouvrit ses portes, elle rejoignit l'équipe de volley-ball afin de passer davantage de temps avec Marcia et, à cause de sa grande taille, elle apprit vite à rabattre le ballon avec vitesse et brutalité, avant de goûter au calme de l'épuisement. Elle s'inscrivit dans l'équipe de course à pied et se spécialisa dans le huit cents mètres. À partir de février, les membres de cette équipe s'entraînèrent sur la carrière d'un riche rancher, qui était plus vaste que le gymnase de l'école. Une heure par jour, les filles décrivaient des cercles sur un mélange de sciure et de terre. Comme il faisait froid dans la carrière, elles couraient le plus vite possible pour se réchauffer. Cet entraînement plaisait à Sarah, mais pas autant que de courir en pleine nature. L'intérêt de la chose, c'était que durant les dix premières minutes de course on ressassait ses problèmes et qu'ensuite ils s'envolaient tous comme par magie. Elle renonça à entretenir l'écran de fumée du Club biblique, d'autant que les garçons plus âgés qui la draguaient ouvertement n'y croyaient plus. Un jour qu'elle parlait avec Marcia dans l'entrée de l'école, l'imbécile de fils du pasteur baptiste local lui passa un billet où elle lut : « Dix-huit centimètres, ça te dirait ? » Sarah transmit le mot à Marcia, laquelle flanqua un grand coup de poing au garçon, qui se retrouva à terre.

Sarah se leva à cinq heures du matin, étudia et lut. Puis elle nourrit Vagabonde et Lad, et emmena la chienne faire une petite promenade. Contrairement à ce qui se passait chez elle au pied de la colline, Vagabonde entrait dans le chalet et dormait au bout du lit, gardant ainsi les pieds de Sarah au chaud. Pour se protéger contre l'inconnu, elle cachait le pistolet de Tim sous son oreiller. Frank l'avait aidée à construire un abri pour Lad à côté de la galerie de Tim. Le foin coûtait cher, mais Terry volait à son père de quoi remplir un pick-up, avant de le transporter avec Marcia. La vie sociale de Sarah se réduisait à Terry et Marcia et quelques week-ends passés chez Tessa, la mère de Terry, pour lui emprunter des livres. Grâce à Tessa, Sarah lut George Eliot, Henry James et Stendhal. Elle aima Stendhal, mais trouva les autres écrivains trop claustrophobes.

Un dimanche après-midi où elle jouait du Schubert, Frank passa pour faire la paix et proposer un compromis. Lorsqu'il déclara que Lolly considérait avoir chassé Sarah hors de la maison, Sarah dit : « C'est la vérité. » Frank demanda si, pour lui faire plaisir, Sarah accepterait de dîner avec eux au moins deux fois par semaine, et Sarah accepta, surtout parce qu'elle en avait assez de préparer tous ses repas. Frank aborda alors un point qui la stupéfia. Il avait évoqué leurs problèmes familiaux avec sa sœur Rebecca qui vivait à Tucson, et Rebecca avait envoyé un billet d'avion pour que Sarah vienne lui rendre visite et voie si elle avait envie de s'inscrire à l'université d'Arizona. Sarah commença par refuser, car elle avait l'intention de profiter de ses vacances de printemps pour effectuer une reconnaissance sur le terrain de Karl à Meeteetse. Mais elle changea d'avis et répondit à Frank qu'elle irait voir sa tante, car elle désirait monter dans un avion, et puis elle pourrait toujours sécher les cours après la fonte des neiges, quand il serait plus facile d'explorer la région où habitait Karl.

TROISIÈME PARTIE

XI

1986

Frank et Lolly l'accompagnèrent en voiture jusqu'à Bozeman, un trajet qui prit trois heures car Lolly désirait acheter des choses qu'on ne trouvait pas à Butte. Dans le hall de l'aéroport, un vertige angoissant s'empara de l'esprit de Sarah – elle se trouva soudain incapable de respirer normalement. En un contraste saisissant avec la région où elle vivait, les voitures qui s'arrêtaient devant l'entrée du bâtiment étaient neuves, propres et brillantes, les hommes qui en descendaient portaient un costume et une cravate, et puis ils semblaient riches même si elle savait très bien que c'était sans doute faux. Ces hommes avaient le visage lisse, alors que les gros ranchers de sa région possédaient sans doute des milliers d'arpents de terre ainsi que plusieurs milliers de vaches, mais ils avaient les traits marqués par les intempéries et par les caprices du ciel.

Une fois installée près d'un hublot, Sarah se mit à fredonner une chanson que lui avait apprise

Antonio, le vieux père de Frank, décédé alors qu'elle avait cinq ans. Elle se rappela le visage ridé du vieillard tout proche du sien tandis qu'assis côte à côte sur le tabouret du piano ils entonnaient de concert : « Et nous voilà partis dans l'immensité bleue, en volant très haut dans le ciel... » Elle avait adoré ce vieil homme qui, contrairement à son père Frank, semblait toujours rire.

Pour qui n'a jamais pris l'avion, le décollage est toujours terrifiant, mais les formes passablement mystérieuses du paysage sous elle absorbèrent très vite Sarah, qui se rappela alors le vers d'un poème : « La terre trouve sa forme dans le passage de l'eau. » L'homme au costume impeccable assis près d'elle lisait le *Wall Street Journal*, et l'odeur de son after-shave était si forte qu'un ver de terre n'y aurait pas survécu. Elle se demanda distraitement comment on pouvait bien coucher avec un homme qui sentait aussi fort. Bizarrement, les montagnes qu'elle survolait, appelées Spanish Peaks, lui rappelèrent le jour où Terry, d'humeur taquine, lui avait dit qu'elle était beaucoup trop austère et prématurément vieillie. On aurait pu faire le même constat, elle le savait, avant son agression et sa décision de tuer Karl. Pour se moquer de Sarah, Terry déclarait qu'elle avait « le couvercle vissé trop serré » et que, comme son père, c'était une espèce d'idéologue. Ensuite, après ces piques, elle avait pleuré en rentrant chez elle au volant de son pick-up, en se disant piteusement que Terry picolait trop, ce qui expliquait toutes ces accusations déplacées. Elle était descendue avec lui dans leur cave à vin pendant que la mère de Terry était à Boston, et elle lui avait demandé pourquoi diable quelqu'un pouvait avoir besoin de garder autant de bouteilles chez soi. Il y en avait sans doute plusieurs milliers. Mais Terry lui avait alors répondu que Tessa en vidait d'habitude trois par jour.

Ce voyage en avion suscita d'autres pensées inattendues, comme souvent chez les passagers qui s'abandonnent alors à un flot continu d'anecdotes décousues. Au retour de leur chasse à l'antilope sur la Route 2, ils avaient bifurqué vers le sud à Shelby sur l'Interstate 15, avant de s'arrêter à Great Falls pour manger. Terry, qui avait bu pas mal de vin, avait insisté pour qu'ils essaient d'entrer dans un club de strip-tease qu'il avait repéré. De temps à autre, Terry manifestait l'arrogance et la conviction que tout lui était dû qui caractérisaient un gosse de riche. Il avait envoyé Sarah et Marcia en éclaireuses. Elles avaient franchi les portes du club, mais le videur avait refusé de laisser entrer Terry. Durant les brefs instants où elle s'était trouvée dans la salle, Sarah avait vu une jolie strip-teaseuse frotter son pubis contre le visage d'un client tandis que l'ami du client riait aux éclats. Cette vision l'avait tant scandalisée qu'elle avait failli prendre ses jambes à son cou. Dehors, Marcia avait raconté en riant à Terry ce qu'elles venaient de voir, et il avait enragé d'avoir raté ce spectacle. Au printemps dernier, histoire de lui faire une blague, Terry avait donné à Sarah un roman un peu salace d'Erskine Caldwell qui contenait la description d'une scène similaire, et un jour, à Missoula, alors que Sarah et son père déjeunaient avec d'autres cultivateurs de légumes, un vieil Italien assis à leur table avait déclaré qu'il mourait d'envie d'embrasser le joli cul de la serveuse. Frank lui avait adressé de vifs reproches et l'homme, qui n'avait pas remarqué la présence de Sarah, s'était excusé platement. Sarah, qui lisait *Tristram Shandy* de Laurence Sterne pendant ce déjeuner, avait fait semblant de n'avoir pas entendu la remarque de l'Italien afin de lui éviter toute gêne. Dans l'avion, elle comprit clairement que Karl n'était pas le seul homme aux instincts animaux et que de toute évidence il y avait aussi des femmes dans le coup. Elle se demanda tout à trac si le fait de tuer Karl remettrait les compteurs à zéro, mais après une pause elle conclut que oui.

Il y eut une brève escale à Salt Lake City, où Sarah embarqua à bord d'un plus gros avion et elle pensa que, malgré tous les préjugés qu'on entendait dans l'Ouest contre les mormons, ces gens habitaient incontestablement un endroit magnifique. Elle espéra qu'un jour elle pourrait monter Lad aux environs d'Escalante, dans le sud de l'Utah. Après deux heures seulement de voyage, tout lui sembla flambant neuf et elle oublia d'où elle venait. Le Montana était peut-être immense, mais il vous enfermait. Maintenant, le monde ouvrait enfin ses fenêtres pour elle. Elle connaissait par cœur une phrase d'Emily Dickinson qui tombait à pic : « La vie est si étonnante qu'elle laisse peu de temps pour autre chose. » Cinq ans et demi plus tôt, quand avec sa famille elle était partie vers l'Ouest et qu'elle était entrée dans le Dakota du Sud, Sarah avait regardé au-dessus de l'épaule de son père et aperçu au loin les immenses formes sombres des Black Hills, et elle avait alors décidé de ne pas en croire ses yeux. Les premières montagnes que voit une fille de l'Ohio habituée au plat pays sont mentalement inacceptables.

À l'aéroport de Tucson, tandis que sa tante Rebecca approchait d'elle, Sarah retourna dans un paysage rêvé au ralenti. Rebecca lui serra la main, l'attira contre elle, puis baissa les yeux vers les mains de Sarah couvertes de cals et où la peau était à vif à l'endroit où la corde avait frotté quand elle avait aidé Marcia à extraire un veau hors du ventre de sa mère.

« Je constate que tu as travaillé avec tes mains, dit Rebecca en riant.

— Oui, je bosse dans le jardin, je coupe du bois, et l'autre jour nous avons aidé un veau à naître. » Sarah se sentit gênée, car les mains de Rebecca étaient lisses et douces en comparaison des siennes qui étaient les mains d'une travailleuse. Il leur avait fallu tirer fort pour ne pas perdre à la fois la vache et le veau ; quand le veau était brutalement sorti à l'air libre, Marcia et elle étaient tombées à la renverse. Ce souvenir lui fit penser à ce bavard de Terry qui disait volontiers que presque tous les habitants de leur région, hormis les propriétaires de gros ranchs, étaient en réalité des paysans au sens ancien et européen du terme. On ne les traitait certes pas de paysans parce que nous vivions en démocratie, mais ce terme qualifiait la plupart des habitants du Montana.

Rebecca possédait un 4 × 4 portant le même nom que la chienne de Sarah et elle expliqua qu'elle en avait besoin pour gravir de nuit la route pentue de l'observatoire de Kitt Peak quand il y avait du verglas. Elles roulèrent pendant presque une heure vers le sud-est de Tucson jusqu'au carrefour du village de Sonoita. Quand Rebecca s'y arrêta pour acheter des cigarettes, Sarah entendit deux hommes basanés en vêtements de rancher parler espagnol tout près du pick-up et elle décida qu'elle était bel et bien à l'étranger. Elle ignorait que, selon un dicton local, tout le territoire situé au sud de l'Interstate 10 était déjà le Mexique.

Rebecca occupait une vaste et agréable maison en adobe qui s'étendait sur dix arpents. Dans un chenil, il y avait deux gros labradors qu'elle appelait Mutt et Jeff et qui, dès qu'elle les libéra, se transformèrent en imbéciles baveux. Sarah mit un certain temps à comprendre le plan de cette maison conçue pour accueillir l'extérieur plutôt que pour s'en protéger. Il y avait un patio sans toit où poussait un peuplier de bonne taille. Sarah en explora les pièces, puis défit sa valise pendant que Rebecca préparait le dîner. Les labradors reniflèrent son bagage et eurent l'air de demander : « Où est la chienne ? » En regardant hors de sa chambre et de l'autre côté du patio, elle remarqua dans une pièce ensoleillée un petit piano à queue, dont la présence la ravit. Sur le mur, à côté de la porte, était punaisée une petite carte où Rebecca avait écrit « tu es ici » en entourant la ville de Sonoita, les chaînes de montagnes environnantes, les Rincons loin au nord, les Whetstones et les Mustangs à l'est, les Patagonias et les Santa Ritas à l'ouest. À soixante kilomètres au sud s'étendait le Mexique. Quel endroit pour monter à cheval ! pensa-t-elle.

Au dîner, Rebecca fit une proposition qui mit d'abord Sarah en colère à cause des problèmes de communication de son père. Frank et Rebecca avaient discuté ensemble et abouti à cette conclusion que, si Sarah acceptait de s'inscrire à l'université d'Arizona, Rebecca financerait ses études, car Sarah pourrait aussi garder la maison. De fait, Rebecca allait passer beaucoup de temps au Chili avec un groupe d'astronomes pour construire un nouvel observatoire. Un verre de vin suffit à apaiser Sarah, qui entendit avec stupéfaction Rebecca lui dire combien elle détestait Lolly. « Lolly a toujours été perverse. Frank et elle batifolaient déjà ensemble quand ils avaient treize ans, et maintenant elle lui a mis le grappin dessus. Mon frère est nul avec les femmes. Je ne comprends pas comment tu peux la supporter. » Sarah lui rétorqua qu'elle s'était installée dans les collines, qu'elle vivait seule avec Vagabonde et qu'elle avait aménagé le corral de Lad pour qu'il puisse regarder par la fenêtre. Quand elle demanda si elle pourrait les faire venir, Rebecca lui répondit que oui et que la moitié des habitants de Sonoita avaient des chevaux dans leur cour.

Tout fut bientôt réglé et le Montana s'estompa très vite. Mais cette impression idyllique vola en éclats au milieu de la nuit. Sarah essayait de dormir face à l'est, cependant la lune était énorme dans le ciel et elle ne semblait pas particulièrement aimable. Elle se leva pour tirer les rideaux, mais leur minceur masqua à peine la lumière et grossit même la taille de la lune. Jusque-là, sa vie avait été relativement pauvre en événements marquants, et maintenant voilà qu'il y en avait trop. Dans la pénombre elle pressentit que tout ce que nous connaissons est la vie de l'esprit et que cette vie tournoyait et bourdonnait maintenant telle une vieille toupie à piston. Ces prétendues grandes décisions comme celle de partir vivre en Arizona lui échappaient pour l'essentiel, car elles avaient été prises à sa place par Frank et Rebecca. Elle pouvait bien sûr refuser, mais quel autre choix avait-elle ? Elle pouvait attendre des nouvelles d'une bourse pour Missoula ou Bozeman. Le proviseur avait dit qu'elle avait toutes les chances d'en décrocher une, mais Sarah avait l'impression de se dissoudre dans un recoin perdu du Montana. Et peut-être que si elle restait dans le Sud l'image de Karl se dissiperait. Par ailleurs, la confusion de son esprit avait ses vertus. Dès qu'elle roulait en pick-up avec Marcia, elle devait écouter Patsy Cline et Merle Haggard sur le lecteur de cassettes huit pistes. La nuit, elle entendait la voix limpide de Patsy Cline chanter *I Fall to Pieces* et *The Last Word in Lonesome Is Me* ainsi qu'un couplet de Merle Haggard où la chanteuse venait d'avoir vingt et un ans en prison, condamnée à vie sans la moindre possibilité de libération sur parole. Terry disait toujours que notre corps est notre prison. Et si elle passait le restant de ses jours dans une prison bien réelle pour le meurtre de Karl ?

L'un des labradors de Rebecca, elle n'aurait su dire lequel, entra dans la chambre, sauta sur le lit et se pelotonna près de la hanche de Sarah.

Poser la main sur le poitrail de l'animal et sentir ses battements de cœur la calma, comme avec Vagabonde. Elle se mit à dormir en se réveillant par à-coups, mais après minuit, quand la lune eut quitté sa fenêtre, elle se réveilla en sanglotant et en hurlant, après quoi le chien se mit à aboyer. Elle venait de rêver que Karl mangeait son pied gauche nu et que les os blancs de sa jambe étaient visibles. Il montait vers le genou en énormes bouchées goulues. Rebecca arriva en courant et alluma le plafonnier. Sarah pleurait et se débattait sur le lit, les yeux grands ouverts mais aveugles. Rebecca la hissa hors du lit, la mit debout et la fit marcher de long en large dans la chambre jusqu'à ce que la jeune fille ait repris conscience ; toutefois, doutant que ces allées et venues aient un effet assez rapide, elle emmena Sarah de pièce en pièce à travers la maison en allumant la lumière à mesure, faisant demi-tour pour éviter le patio obscur mais éclairé par la lune quand Sarah se raidit.

Ce fut le piano qui la calma, et peut-être la couleur ensoleillée des murs, ou encore les nombreuses plantes du désert en pots. Rebecca assit Sarah sur le tabouret et lui demanda de jouer un peu de Schumann.

« Schumann est trop effrayant. Je le joue seulement quand il fait jour », dit Sarah en entamant un morceau de Schubert. Elle joua au moins une heure. Rebecca et les chiens finirent par s'endormir sur le canapé. Sarah étendit un châle sur Rebecca en regrettant que son hôtesse ne fût pas sa mère, mais il était bien sûr trop tard pour changer de mère.

En milieu de matinée, elles partirent en 4 × 4 afin de rejoindre le musée du désert. Une heure durant, Sarah fut assez éblouie par la flore et la faune pour oublier tout le reste, hormis ce qu'elle voyait et ce qu'elle pensait : il valait peut-être mieux étudier la biologie animale ou la botanique que la science sûre, froide et sèche de la métallurgie.

Rebecca devant assurer un séminaire de mathématiques appliquées à l'astronomie, Sarah se promena sur le campus de l'université d'Arizona, fascinée par le grand nombre d'étudiants asiatiques, noirs et latinos qu'elle aperçut, après avoir elle-même grandi dans le Montana ethniquement monochrome. Les bâtiments étaient d'une taille et d'une majesté intimidantes, et elle se demanda pourquoi ces étudiants avaient besoin de locaux aussi luxueux pour apprendre. Elle rejoignit d'un pas endormi une petite gargote chinoise sur Campbell, où elle mangea un bol de soupe au canard qui aurait été cent fois meilleure préparée avec les malards sauvages que Tim abattait autrefois. Après le cauchemar et l'heure de piano, elle avait seulement somnolé en laissant sa lampe de chevet allumée pour ne pas courir le risque de voir son cauchemar revenir. Elle avait lu quelques pages d'*Îles à la dérive* de Hemingway sans s'intéresser beaucoup à l'histoire, mais en adorant les descriptions du Gulf Stream. Elle ne comprenait pas pourquoi Terry aimait autant Hemingway, alors qu'elle-même lui préférait Faulkner, Steinbeck ou des dizaines d'autres écrivains. Certains livres froissaient sa fougue adolescente. Elle se demandait aussi pourquoi l'héroïne de *Madame Bovary* ne se tirait pas une balle dans la tête ou ne prenait pas un bateau à destination de l'Amérique.

En retournant vers le bureau de Rebecca, elle vit un gros garçon dégingandé qui lui rappela Karl. Elle se dit alors que, si jamais elle se faisait arrêter après le meurtre de Karl, elle ne pourrait jamais identifier toutes ces bizarres plantes du désert qu'elle avait vues près du musée. Cette conviction contrastait lugubrement avec l'urgence renouvelée qu'elle avait ressentie de le tuer après ce cauchemar saisissant.

De retour chez Rebecca en fin d'après-midi, elle dormit plusieurs heures pour se réveiller au crépuscule, entendre plusieurs voix éloignées et le son du piano sur lequel on jouait, plutôt bien, du Stravinsky. Elle s'était réveillée en proie à des pensées confuses de normalité, cette normalité peut-être imaginaire qu'on croit discerner chez autrui. Il y avait une histoire de famille touchant au mariage de Rebecca, qui n'avait duré qu'une semaine. Son jeune mari au sang chaud l'avait frappée au retour de leur lune de miel de cinq jours à New York. Il avait désiré aller à Miami. Elle s'était aussitôt rendue au commissariat de police le plus proche avec son œil au beurre noir et avait porté plainte. Les parents des deux familles avaient tenté de la dissuader de divorcer ou d'annuler le mariage, Sarah ne se souvenait plus très bien. Quand ils avaient dit à Rebecca que son époux méritait une autre chance, elle avait répondu : « Personne ne mérite de me frapper, même une seule fois. » Tous les habitants de son quartier respectable l'avaient prise pour une excentrique, car après la séparation avec son butor de mari elle avait décidé de faire un doctorat au MIT, un but plutôt incongru pour une fille de gros cultivateur.

Sarah repensa à cette histoire sous la douche en baissant les yeux vers ses mains abîmées qui contrastaient avec son corps lisse et souple. À quoi bon être séduisante ? Lorsque l'eau de la douche cessa de couler, elle entendit un morceau de Villa-Lobos magnifiquement joué. Elle s'habilla en toute hâte et rencontra trois amis de Rebecca à la cuisine, deux astronomes et une artiste, mais elle mourait d'envie de connaître le ou la pianiste, qui se révéla être un professeur de botanique venu grâce à un système d'échanges universitaires, un Mexicain d'environ trente-cinq ans, originaire de Guadalajara, prénommé Alfredo. Doté d'un accent doux et mélodieux, Sarah le prit pour un gay, ce qui était de toute évidence le cadet de ses soucis. Il entreprit de lui apprendre une pièce à quatre mains (la *Fantaisie en fa mineur* de Schubert) et ils jouèrent durant presque trois heures, en faisant une brève pause pour dîner. En dehors de Montgomery Clift dans *Les Désaxés*, ce fut le premier homme qui la captiva entièrement. Cette nuit-là, elle entendit sans surprise du Schubert dans ses rêves. Alfredo faisait cours le lendemain matin, mais il viendrait dans l'après-midi pour se promener et jouer au piano avec elle. Il apporterait quelques manuels de botanique, ajoutant que, si Sarah les étudiait d'arrache-pied, il l'accepterait volontiers à l'automne suivant dans son cours destiné aux étudiants spécialisés dans ce champ de recherches. Lorsqu'il dit qu'il passerait seulement une autre année à Tucson, elle fut amèrement déçue.

Le lendemain matin au petit déjeuner Rebecca la taquina un peu, ce qui ne lui plut pas. Sarah se sentait tantôt rêveuse, tantôt surexcitée. Seule la timidité l'empêcha d'interroger Rebecca à propos d'Alfredo.

« Tu as un petit ami ?

— Pas vraiment, juste un ami. » Elle se retrouva à parler à Rebecca de son amitié avec le vieux Tim, puis avec Terry et Marcia. Tous les autres garçons de l'école étaient des crétins et elle n'avait jamais éprouvé le moindre sentiment romantique envers Terry.

« Alfredo est un peu âgé pour toi, la taquina encore Rebecca. Je crois qu'il frise la quarantaine. Il a déjà été marié et je sais qu'il a une fille, mais je ne suis pas certaine de ses penchants sexuels. »

Le rouge monta aux joues de Sarah et elle fit semblant de s'intéresser à l'oiseau qui venait de se poser sur un pyracanthe et qui chantait magnifiquement.

« C'est un roitelet des canyons. Et mon chant préféré », dit Rebecca.

Comme Rebecca devait partir pour l'université, Sarah emmena les chiens marcher dans les collines et la forêt clairsemée qui se trouvait au bout de la route. Un problème évoqué par son austère professeur d'histoire la tracassait : certaines minorités, ainsi les Noirs et les Indiens, n'éprouvaient pas une grande empathie politique les unes pour les autres. Elle se perdit bientôt dans un long arroyo et redouta d'être en retard quand Alfredo arriverait. Un violent vent froid du nord se leva et les chiens partirent à la poursuite d'un gros lièvre. Elle sentit une boule de désespoir se former au fond de sa gorge, mais les chiens revinrent alors et elle dit : « Rentrons à la maison », ainsi qu'elle le faisait avec Vagabonde quand elle était perdue. Les chiens s'engagèrent dans ce qu'elle crut être une mauvaise direction – c'étaient pourtant eux qui avaient raison, comme chaque fois Vagabonde dans le Montana.

Alfredo lui offrit un grand bouquet de fleurs coupées et elle eut un peu le tournis en cherchant un vase. Il installa les fleurs sur le piano, puis tous deux se mirent à travailler des compositions à quatre mains de Mozart puis de Fauré. Lorsqu'ils firent une pause pour manger des sandwichs et boire du café, il en profita pour interroger Sarah sur sa vie. Elle obtempéra et il dit alors : « Le moment est venu pour toi de quitter le nid. » Il ajouta que la même évidence s'était autrefois imposée à lui. Sa famille et ses proches étaient des paysans prospères qui habitaient à quatre-vingts kilomètres environ de Guadalajara, mais tout ce qu'il avait jamais eu envie de faire c'était de jouer du piano, si bien qu'à seize ans ses parents l'avaient envoyé à la Juilliard School de New York. Dans cette célèbre école, on finit par découvrir qu'il avait les mains trop petites pour devenir un pianiste virtuose. Son seul autre centre d'intérêt étant les plantes, il alla à Cornell et « se gela le cul » pendant huit ans avant de décrocher enfin son doctorat en botanique. Il avait été marié deux ans avec une femme riche et gâtée, la fille de propriétaires terriens, mais ils avaient divorcé. Il avait une fille de treize ans, pensionnaire dans un établissement privé de Los Angeles.

Tous deux étaient mélancoliques après ces récits, quand il éclata soudain de rire et joua une version moqueuse de la mélodie dramatique des *Bateliers de la Volga*, après quoi il cita en espagnol un vers de Lorca, qu'il traduisit par « Je désire dormir du sommeil des pommes loin du tumulte des cimetières ».

« Allons nous promener. Ce soir, je dois faire un discours aux jardiniers d'une vieille dame folle de cactus, et je préférerais rester ici. »

Ils marchèrent une demi-heure avec les chiens, il nomma toutes les espèces de flore sauvage qu'ils rencontrèrent, puis il dit au revoir à Sarah près de sa voiture. Quand il sourit, Alfredo lui rappela le cow-boy mexicain qui avait livré le cheval au ranch des Lahren.

« Rebecca m'a dit que tu réfléchissais encore. Te verrai-je cet automne ?

— Si tu veux.

— Tu es trop jeune pour dire une chose pareille. » Il agita l'index devant elle.

« Non, je ne le suis pas. Je suis plus âgée que toi à maints égards », répondit-elle en riant.

Elle le regarda s'éloigner en sentant son cœur se serrer, la preuve évidente à ses yeux qu'elle faisait une grosse bêtise et qu'elle devait retrouver son sang-froid. Dans la maison, elle examina les trois manuels de botanique qu'il lui avait laissés. À l'intérieur de l'un d'eux, l'ex-libris était une petite reproduction de la *Vénus sortant des eaux* de Botticelli, sous laquelle il avait écrit ces mots : « Chère Sarah, je suis si heureux de te connaître », des mots qui, s'ils n'affirmaient rien, la bouleversèrent néanmoins.

XII

La descente vers Bozeman lui souleva le cœur, à cause de vents violents qui faisaient frémir et tressauter l'avion. Au-delà du hublot minuscule, la vue était obscurcie par la neige. Sarah appréciait à sa juste mesure qu'on fût le premier avril, et que le climat du Montana coopérât avec le calendrier. Elle espérait partir dans quelques jours en reconnaissance à Meeteetse, mais pour cela il faudrait que le temps s'améliore un peu à cause du long trajet en voiture. Elle était énervée car le sommeil l'avait fuie. Elle n'avait pas revu Karl en rêve, mais sa présence était aussi malfaisante que le vent le plus glacé. Il se cachait dans la forêt derrière le chalet de Tim, il allait tuer et dévorer tant Vagabonde que Lad. Elle n'arrivait pas à remettre la main sur les cartouches de son .30-06 alors qu'elle savait avoir acheté trois boîtes de vingt cartouches en préparation de son voyage à Meeteetse. À la quincaillerie, elle avait eu une vision de la plaie, grosse comme un ballon de basket rouge, ouverte par la balle en sortant tout près de la colonne vertébrale de Karl. Tandis que l'avion roulait sur la piste, elle fut troublée qu'Alfredo ne lui ait même pas touché la main.

Marcia, qui s'était portée volontaire pour aller chercher son amie, l'attendait à l'aéroport. Sarah fut aussitôt noyée sous un flot de paroles et elle eut bien du mal à assimiler toutes les informations déversées. Priscilla avait fait une overdose de tranquillisants volés à Giselle, sa mère, et elle récupérait dans une unité de soins intensifs à Helena. Marcia n'avait jamais eu la langue dans sa poche et ses phrases devenaient particulièrement colorées lorsqu'elle abordait son obsession préférée, le sexe. Elle déclara que « Karen, cette deuxième année au cul rebondi et à la taille de guêpe » qui faisait partie de l'équipe du relais quatre fois cent mètres, avait confié à la femme du pasteur que son oncle, le banquier de la ville, la « tripotait » depuis qu'elle avait dix ans, et que l'épouse du pasteur avait rapporté la chose au shérif, lequel avait vainement essayé d'étouffer l'affaire. Personne ne savait ce qui allait se passer, mais tous les gens du comté connaissaient l'histoire.

De nombreux semi-remorques étaient garés dans la neige au bord de la route tout en bas du col de Butte, et Marcia mit une bonne demi-heure à franchir ce col en position quatre roues motrices. À l'échangeur des Interstates 90 et 15 elles discutèrent avec un flic, et décidèrent de profiter des dernières lueurs du jour pour se diriger vers le sud sur une cinquantaine de kilomètres et passer la nuit à Melrose, où le temps était soi-disant plus clément. Elles s'installèrent dans un chalet du Sportsman's Lodge, puis Marcia sortit une pinte de schnaps qu'elle avait volée dans l'atelier de son père. Son père croyait dur comme fer que le voleur était l'un des deux frères de Marcia. Elle but une longue gorgée, puis Sarah une petite. Marcia éclata de rire et lui dit que Terry avait installé un miroir dans sa chambre pour pouvoir les regarder en train de faire l'amour, mais qu'elle avait tout bousillé en rigolant. Marcia, qui était beaucoup plus grande et lourde que Terry, confia à Sarah que dans ce miroir on aurait dit qu'un gros prêtre catholique violait un petit enfant de chœur. Sarah trouva cette image vraiment affreuse, mais Marcia continua de rire et ajouta : « Il va peut-être falloir que je trouve un type de ma taille. »

Elles parcoururent à pied une centaine de mètres dans la tempête de neige pour rejoindre un bar restaurant devant lequel il y avait une balustrade où attacher la bride de son cheval. Le propriétaire des lieux était un petit-cousin de Marcia et il y avait une foule de cow-boys, de ranchers et de citadins qui bénissaient l'humidité apportée par la neige, laquelle aiderait l'herbe à pousser au printemps après un hiver relativement sec. Une bonne tempête de neige en avril signifiait des bêtes plus grasses, et donc davantage de bénéfices dans ce secteur de l'économie dont dépendaient les habitants de la région.

Comme Sarah semblait perdue dans son monde intérieur, Marcia lui commanda une escalope de poulet frite nappée d'une sauce à la crème et une purée maison. Sarah réussit seulement à manger un tiers de son assiette, mais Marcia finit son énorme portion en un clin d'œil. Nicole, l'adorable serveuse, déclara à Sarah qu'elles étaient peut-être parentes. En effet, elles avaient la même peau olivâtre et la même chevelure châtain clair. Sarah était distraite, car elle se rappelait avoir jadis chanté une chanson avec son grand-père, « Grâce aux ailes d'un ange, les murs de cette prison je franchirai », ce qui lui fit penser que, si jamais elle se faisait arrêter après le meurtre de Karl, elle ne reverrait peut-être jamais Alfredo. Quand son grand-père lui avait appris cette chanson au piano, elle n'avait que cinq ans et elle ne connaissait pas le sens du mot « prison ». Lorsqu'il était mort – d'une crise cardiaque – parmi ses plants de légumes, elle l'avait regardé dans son cercueil au funérarium et lui avait chantonné doucement ces mots : « Réveille-toi, espèce d'endormi. »

À l'aube le ciel était dégagé, mais les routes couvertes de neige fondue. Elles arrivèrent chez elles vers midi et Lolly apprit à Sarah qu'un certain Alfredo avait téléphoné et laissé un numéro. Sarah était hors d'haleine quand elle atteignit le chalet et put composer le fameux numéro (il lui avait d'abord fallu s'occuper de Vagabonde et de Lad, tous deux surexcités, le cheval poussant de sonores hennissements de bienvenue). Terry avait passé quelques jours au chalet et elle discerna la légère puanteur de ses quatre nuits de débauche avec Marcia, mais sans avoir le temps de s'en indigner. Alfredo décrocha dès la seconde sonnerie.

« J'ai vu la météo et j'étais inquiet pour toi à cause de cette tempête.

— On a fait bonne route, mais nous avons dû nous arrêter pour la nuit. »

Suivit un long silence.

« Dis quelque chose. Je ne sais pas quoi dire, reprit-il.

— Tu me manques. » Cette déclaration exigea du courage.

« Tu me manques aussi, mais c'est une folie et c'est peut-être mal. » La voix d'Alfredo manquait de force.

« J'ai interrogé Rebecca ; elle m'a dit que cet été, j'aurai seize ans, je ne serai plus considérée comme une mineure en Arizona. » Ce soir-là, après que Sarah lui avait posé la question, Rebecca avait ouvert de grands yeux, mais aussitôt effectué des recherches sur l'ordinateur.

« Je crois que nous devrions y aller doucement.

— Comme tu veux. Nous pouvons toujours jouer du piano ensemble.

— Nous verrons bien à l'automne. En attendant, nous pouvons nous écrire. Je vais commencer une lettre dès que j'aurai raccroché.

— Moi aussi », dit-elle.

Elle sella Lad, puis, derrière Vagabonde, elle guida le cheval vers le canyon, ses pensées battant la campagne. Si seulement Tim était vivant, il descendrait certainement Karl pour elle. Sans doute que Marcia aussi y serait prête. Ce genre d'attitude faisait peut-être partie du paysage. Le Montana était trop vaste et ces terres privées de toute frontière visible donnaient le vertige. Les garçons quittaient l'école à midi pour se bagarrer derrière le silo à grain, et les hommes se bagarraient la nuit sur le parking de la taverne, même si Giselle disait pour blaguer que la consommation croissante de marijuana dans le Montana diminuait le nombre des rixes. Certains appelaient même un joint un « pacificateur », l'ancien nom du revolver Colt.

À son retour au chalet, elle appela le proviseur du lycée et lui annonça qu'elle allait manquer les cours pendant quelques jours, car elle devait aller à Denver rendre visite à une tante malade. « Très bien », répondit-il, avant d'ajouter qu'elle devrait sans doute enseigner au lieu d'étudier. Ce commentaire eut pour seul effet de rappeler à Sarah combien sa vie avait jusque-là été anormale. Elle était lasse d'entendre les professeurs lui répéter qu'elle était « douée » ou « exceptionnelle », quand tout ce qu'elle avait jamais désiré c'était d'être comme les autres et de fréquenter des jeunes de son âge plus souvent que lors des réunions du club d'éducation manuelle.

Elle nettoya son fusil .30-06 qui était déjà d'une propreté impeccable, puis elle fourra des vêtements chauds et trois boîtes de cartouches dans son sac de voyage. Elle étudia l'atlas routier et les cartes topographiques des environs du ranch de Karl, en s'inquiétant soudain pour Vagabonde et Lad si jamais elle se faisait arrêter. Son père ne s'en occuperait probablement pas. Lolly non plus. Elle réfléchit à l'affection, ou à ce que la culture populaire appelait l'amour, dont elle ne faisait l'expérience que depuis peu. Montgomery Clift ne comptait pas. Cette émotion était souvent embryonnaire, comme la musique qui nous stupéfie avant de retrouver sa forme mélodique. En nettoyant les verres de ses jumelles, elle comprit que le rythme de son affection pour Alfredo provenait entièrement de la musique qu'ils jouaient ensemble, car ils ne se connaissaient presque pas. Peps l'évangéliste agressait sans cesse verbalement les saints catholiques, qualifiés par elle de « blasphématoires », mais maintenant à la nuit tombée Sarah aurait bien aimé adresser une prière à saint Tim, dont elle essaya de repérer l'esprit planant entre les poutres du toit du chalet.

Elle partit à cinq heures du matin après avoir vomi son sandwich au fromage et son café du petit déjeuner. Elle eut du mal à faire monter Lad dans la remorque à chevaux, car il n'avait aucune envie de bouger à une heure aussi matinale, mais elle avait besoin de lui : d'après sa carte topographique, cinq kilomètres séparaient la route du comté parmi les collines et le petit chemin de terre qui aboutissait au ranch de Karl, lequel avait jadis appartenu au célèbre « tueur indien » Thadeus Markin selon un livre de la bibliothèque de Livingston.

Il lui semblait avoir le ventre rempli de glaçons acides tandis qu'elle roulait lentement sur l'asphalte de la route en essayant d'éviter les plaques de glace noire presque invisibles qui brillaient soudain dans la lueur des phares. Elle comptait mettre huit heures pour rejoindre Meeteetse, après être partie très tôt pour avoir encore quelques heures de jour à son arrivée. Il aurait été beaucoup plus rapide de traverser le parc de Yellowstone, mais en avril les routes n'étaient pas encore ouvertes à cause de la neige ; elle était donc contrainte de suivre le même itinéraire que pour la chasse à l'antilope, rejoignant seulement la 310 à Laurel avant de descendre vers le sud et Powell, dans le Wyoming. Elle faisait semblant de partir en repérage, mais elle savait très bien que, si l'occasion se présentait, elle appuierait sur la détente.

En milieu de matinée son angoisse s'était dissipée et elle se sentait dans son bon droit. En plus d'accomplir sa vengeance personnelle, elle était en mission pour sauver d'autres filles. Qui, en dehors de Karl et de son ami, savait combien de victimes ils avaient faites ? Priscilla et elle n'avaient jamais parlé de ce qui leur était arrivé, mais un soir après la rentrée scolaire Priscilla avait trop bu et tenté de blaguer en disant qu'elle avait eu mal au cul pendant toute une semaine. Sarah en déduisit qu'elle avait été sodomisée, ce qui semblait bien pire que de se faire arracher les poils pubiens.

Quand elle s'arrêta pour faire le plcin et manger un hamburger à un McDonald's miteux de Livingston, elle passa en revue les cassettes disponibles dans le pick-up, car Vivaldi, Scarlatti et Mahler ne lui disaient rien. Elle trouva celle des *24 Greatest Hits* de Hank Williams, que Marcia avait laissée là des mois plus tôt. La voix dure et lugubre de Williams était davantage en accord avec sa mission.

Lorsqu'elle atteignit Cody et bifurqua vers Meeteetse, elle dormait presque au volant, le café fort de sa thermos restait sans effet. Malgré sa somnolence, elle pensa avec amusement que le meurtre exigeait une forme physique parfaite et de bonnes habitudes de sommeil. Elle savait que, la nuit passée, il était trois heures du matin quand elle avait regardé le réveil pour la dernière fois, et qu'elle s'était levée avant cinq heures. Quand on a l'intention d'assassiner quelqu'un, deux heures de sommeil nocturne sont nettement insuffisantes. La fatigue ne lui accordait qu'un contrôle minimum sur son esprit, dont le fonctionnement mystérieux la déroutait au point qu'elle eut l'intention de lire des essais sur le cerveau. Le simple fait de penser à Alfredo lui flanquait la trouille pour sa mission, et trois fois au cours du voyage elle faillit faire demi-tour. D'autant qu'elle devait bien admettre que le fait de tuer Karl n'impliquait nullement la disparition des cauchemars où il figurait. Elle essaya de se changer les idées en pensant aux cartouches. Dans le chalet de Tim, il y avait un carton rempli de vieilles cartouches de chevrotine Silvertip .220. Marcia s'en servait pour chasser l'élan, mais pour le chevreuil ou l'antilope elle préférait la chevrotine .165 de fabrication industrielle. Toute la famille de Marcia pratiquait la chasse à l'élan, même sa très féminine mère dont le juron le plus ordurier était « zut ». Chaque année, ils abattaient quatre élans et plusieurs chevreuils et, bien qu'ils aient un faible pour la viande de bœuf, ils mangeaient du gibier la moitié du temps, comme le vieux Tim. Marcia économisait pour acheter un lourd fusil Sako, après avoir entendu dire qu'un homme vivant au nord de Butte avait descendu un chevreuil à sept cents mètres avec ce fusil, mais ce type avait été tireur d'élite au Vietnam. Avec une telle arme, on pouvait faire exploser un crâne et la victime tombait raide morte avant d'entendre le moindre bruit.

À quatre heures de l'après-midi, elle somnolait au volant du pick-up garé dans la grande rue de Meeteetse et un quart d'heure après son réveil – version distordue de la chance –, elle vit le gros véhicule de Karl garé devant la taverne. Elle démarra et franchit le carrefour suivant pour utiliser une cabine publique, au cas où il l'aurait reconnue derrière la vitrine de la taverne. Lorsqu'elle appela chez lui, ce fut le père de Karl qui répondit et elle lui fit savoir qu'elle lui livrerait un cheval au portail à huit heures le lendemain matin. Il lui dit d'amener le cheval jusqu'au corral, près de l'abri à foin, et elle lui répondit que non, car elle transportait un gros chargement depuis Sheridan et elle devait livrer sept autres chevaux à Casper. Il tomba d'accord, puis ajouta : « Qui êtes-vous ?

— Je suis l'une des jeunes poules de Karl à Billings », répondit-elle.

L'homme ricana.

Dans une épicerie elle acheta du pain, de la saucisse et une boîte de haricots, qu'elle mangerait froids car elle ne voulait pas courir le moindre risque en faisant un feu de camp. Elle roula ensuite vers le nord-est sur une route de comté qui longeait la Greybull River, puis elle parcourut quelques centaines de mètres sur un chemin de bûcherons pour dissimuler son pick-up et la remorque à chevaux. Vagabonde fut furieuse d'être enfermée dans la cabine quand Sarah sella Lad pour partir en reconnaissance, après avoir glissé son fusil chargé dans l'étui de selle, juste au cas où. La montée fut facile jusqu'au sommet de la colline, mais la descente sur le versant pentu prit davantage de temps. Sarah se fraya un chemin entre de gros blocs de roc et des pins à torches, puis elle vit le portail du ranch de Karl Burkhardt, une allée qui menait à une petite maison située près de deux kilomètres plus loin. Elle repéra un rocher qui constituerait un appui parfait pour son fusil et garantirait la précision du tir. Elle décida de le charger avec de la chevrotine Silvertip .220, que les revues d'armes à feu qualifiaient de « munition détruit-tout ».

Elle rejoignit le pick-up juste avant la tombée de la nuit, et Vagabonde se comporta comme si Sarah était restée absente pendant des jours. Elle donna un peu de foin à Lad, puis partagea sa boîte de haricots et son sandwich à la saucisse – tous les deux à peine mangeables – avec Vagabonde, qui manifesta très peu d'enthousiasme. La chienne avait détesté Peps, mais Lolly lui convenait car, pour faire plaisir à l'animal, elle lui donnait de petits morceaux de parmesan Reggio.

Ce fut bien sûr la nuit la plus longue de toute sa vie, plus longue que la nuit de ses poils arrachés et de la torpeur due à la kétamine et à l'alcool, qui lui avaient donné l'impression que son cerveau vomissait. Elle avait compté dormir à même le sol, mais il faisait très froid et puis elle avait oublié le matelas gonflable pour y étendre son sac de couchage, si bien qu'elle se pelotonna dans le sac sur la banquette avant en se servant de Vagabonde comme d'un oreiller. Elle se plongea dans l'un des manuels de botanique d'Alfredo en lisant grâce à une lampe-stylo et en regrettant de ne pas avoir choisi une lecture plus appropriée, par exemple l'un des romans policiers d'Elmore Leonard que la mère de Terry lui avait prêtés. Elle dormit mal, se réveilla en sursaut à minuit à cause de son esprit qui jouait une tonitruante musique symphonique qu'elle n'avait jamais entendue. C'était la deuxième fois qu'une telle chose lui arrivait et elle en conclut qu'elle deviendrait peut-être compositrice. Cette fois, dans le pick-up, la musique était très forte, discordante, évocatrice de Stravinsky. Assez étrange pour l'effrayer, si bien qu'elle leva les yeux à travers le pare-brise vers la lueur laiteuse de la Voie lactée. Elle se demanda même si cette musique allait l'empêcher de tuer Karl. Elle interrogerait son sinistre professeur d'histoire pour savoir si ces affreux généraux nazis aimaient la musique classique, ou si Mozart empêchait les assassinats.

À l'aube, elle se réveilla d'un rêve délicieux où elle se promenait avec Alfredo. Il lui expliquait la vie mystérieuse des massifs de pyracanthes envahis d'une telle profusion de baies qu'ils en devenaient presque autant de blocs compacts. Après une bonne gelée, ces baies fermentaient et les oiseaux qui les mangeaient s'enivraient. Au moment précis où il prononçait ces paroles, un roitelet de canyon se mit à chanter tout près, et la beauté de ce chant la fit frissonner.

Elle mangea la moitié d'un sandwich, but du café froid, puis sella Lad pendant que Vagabonde passait les environs au peigne fin à la recherche d'une éventuelle menace. La chienne n'avait pas la moindre envie de rester sur la touche et elle refusa de remonter dans le pick-up. Elle se laissa tomber dans l'herbe blanchie de gelée matinale, et Sarah dut soulever ses quarante-cinq kilos jusqu'au pick-up en sentant son dos froid frémir. « Ma pauvre chérie », murmura-t-elle.

Elle atteignit sa destination peu après sept heures et attacha Lad dans la forêt, à plusieurs centaines de mètres du ranch. Elle s'assit près du rocher choisi et laissa le soleil du début de matinée lui réchauffer les mains, le visage et le corps. Vers huit heures moins le quart, Karl arriva dans l'allée au volant de son pick-up en tractant une vieille remorque sans toit, aux flancs à claire-voie, qu'on utilisait d'ordinaire pour transporter un taureau ou des cochons. Il arrêta le pick-up et la remorque en biais, près du portail. À travers la lunette Leupold, elle l'observa descendre du pick-up et s'appuyer contre le capot avec une tasse de café bien chaud. Il boitait beaucoup quand il alla ouvrir le portail et Sarah espéra qu'il avait mal. Elle tira trois coups de feu qui explosèrent le pare-brise du véhicule ainsi que les deux pneus visibles, au cas où il aurait tenté de s'échapper. Karl se mit à hurler en essayant d'atteindre la portière du pick-up. Elle logea une balle près de la poignée et il dut ramper à toute vitesse pour se mettre à l'abri derrière la remorque. Une autre balle fit voler en éclats une planche basse au flanc de la remorque.

Elle rechargea posément son arme en se demandant pourquoi elle effrayait Karl au lieu de le descendre. Dans la lunette, les fils de la mire se croisaient maintenant sur le front et les yeux du violeur qui apparaissaient entre les lattes de la remorque. C'était le coup de feu final, mais elle n'arrivait pas à appuyer sur la détente, car elle revoyait l'antilope bondir vers le ciel. À la place, elle logea deux balles à trente centimètres de sa cible, de part et d'autre de la tête. Quand il tenta de prendre ses jambes à son cou, elle tira une fois devant lui, puis une fois de chaque côté. Maintenant, Karl hurlait, sanglotait et rampait au fond d'un fossé d'irrigation peu profond. Cette fois, quand elle rechargea, elle comprit qu'elle n'allait pas le tuer et risquer de finir sa propre vie en prison. Histoire de faire bonne mesure, elle tira cinq balles autour de lui dans le fossé, en remarquant ensuite qu'il faisait le mort. Elle rechargea une dernière fois, puis remonta sur la colline. Avant d'entrer parmi les arbres, elle tira deux autres balles dans le pick-up pour s'assurer que Karl reste encore un moment dans le fossé.

Sarah fut bien vite de retour à son propre véhicule, elle fit monter le cheval dans la remorque, puis s'engagea sur la route à travers la campagne, mais un quart d'heure plus tard elle était en larmes et en pleine confusion, car elle n'arrivait pas à retrouver la route de Cody. Elle négocia un virage trop serré, la remorque heurta alors l'arrière du pick-up et elle ne réussit plus à avancer. Elle posa le front contre le volant en reniflant et en pestant, et Vagabonde se mit soudain à aboyer, à rugir même. Un adjoint du shérif local venait de s'arrêter, de sortir de sa voiture de patrouille et de se pencher pour examiner l'endroit où la remorque avait heurté le pare-chocs arrière du pick-up. Cet adjoint était un homme âgé aux favoris gris et au gros ventre. Sarah fit descendre sa vitre à moitié en se débattant avec Vagabonde qui grondait.

« Une fille ! s'écria l'adjoint.

— Oui, c'est ça. J'ai pris le virage trop serré. J'ai conduit trop longtemps de nuit et, quand je me suis sentie m'endormir, je me suis garée sur le bas-côté de la route. Puis je me suis mise à l'abri quand j'ai entendu plein de coups de feu, parce que la chasse n'est pas encore ouverte, si je ne me trompe ?

— Non. Il y a ce type qui habite à l'est d'ici. Nous croyons qu'il a démoli son pick-up pour toucher l'assurance. Vu qu'il est en retard de trois paiements pour la prime, on allait de toute façon lui retirer son véhicule. C'est un escroc connu. Comme il n'a pas que des amis, c'est peut-être quelqu'un qui lui tirait dessus, mais j'en ai rien à foutre. »

Il aida Sarah à détacher la remorque et à la faire pivoter pour qu'elle puisse la rattacher correctement, puis il lui expliqua comment rejoindre Cody. Ils échangèrent une poignée de main.

« Vous êtes une belle fille. Soyez prudente », dit-il.

En repartant, et même si elle savait qu'elle serait bientôt chez elle, Sarah sentit la peur suinter par tous les pores de sa peau. À Cody, elle dévora presque un énorme petit déjeuner et elle remplit sa thermos de café. Pour fêter ça, elle acheta à Vagabonde des biscuits et de la saucisse, le repas préféré de sa chienne.

XIII

Elle arriva chez elle avant la tombée de la nuit, ralluma le poêle à bois et dormit une douzaine d'heures avant d'arriver à l'école un peu en retard. Quand le proviseur lui demanda des nouvelles de sa tante malade à Denver, Sarah ne sut quoi répondre et inventa au pied levé : « Elle est morte », après quoi elle s'éloigna dans le couloir. Elle avait fait un bref cauchemar où figurait Karl, mais à son réveil elle fut dispensée des effets secondaires désagréables. Lolly avait laissé dans son réfrigérateur une part d'excellentes lasagnes, qu'elle partagea avec Vagabonde au petit déjeuner, après quoi elle chanta à la chienne une partie de la chanson de Hank Williams à propos de Kaw-Liga, le légendaire Indien en bois. Quand elle chantait ainsi pour Vagabonde, la chienne se tortillait de plaisir.

Elle entama une lettre à Alfredo pendant le cours de géométrie, qui lui parut enfantin en comparaison de ce que son père lui avait appris des années plus tôt, et elle la continua en cours de chimie (quand elle avait dix ans, son père avait punaisé dans sa chambre un poster où figurait le tableau périodique des éléments). À la cantine du lycée, on servit pour déjeuner un infect riz espagnol et elle s'assit comme d'habitude avec Terry et Marcia. Quand ils lui demandèrent où elle était passée pendant deux jours, elle répondit seulement : « J'ai fait du camping dans le canyon. »

Après les cours, ce fut la première journée d'entraînement d'athlétisme en extérieur, malgré le ciel nuageux et une température de deux degrés. Elle fut ravie d'enfiler son jogging et, après quelques tours de piste, Marcia et elle enjambèrent une clôture puis une autre et longèrent une longue pâture au pas de course. Deux taurillons se mirent à courir sans raison apparente à leurs côtés tandis que leurs mères épuisées suivaient loin derrière.

De retour à la maison, elle fit des pieds et des mains pour ne pas dîner avec Frank et Lolly, prétextant qu'elle ne se sentait pas bien. Elle prit une lettre de Peps qui venait d'arriver, puis Lolly lui donna un récipient contenant du ragoût de veau si jamais elle avait faim, ce qui était déjà le cas. La lettre de Peps contenait les inepties habituelles, mais Sarah fut portée à l'indulgence en se rappelant que, selon Frank, Peps avait eu d'excellents résultats scolaires mais que les convictions défendues par sa famille lui avaient fermé toutes les fenêtres donnant sur le monde.

Elle passa une longue soirée à continuer sa lettre à Alfredo et à parcourir les trois manuels de botanique qu'il lui avait offerts. Elle préférait *La Biologie de l'horticulture,* mais l'*Introduction à la biologie des plantes* était tout aussi fascinante. Ces textes lui semblaient parfaitement exotiques, en comparaison de sa propre vie au nord du quarante-cinquième parallèle où les espèces aviaires et végétales étaient vraiment limitées en comparaison de celles qui existaient dans le Sud.

Cette lettre lui donnait du fil à retordre. À la fin de la soirée elle avait écrit cinq pages, qu'elle trouva trop longues et que vers minuit elle réduisit à trois. Elle s'amusa de l'ironie de cette déclaration : « Il ne se passe pas grand-chose ici, en dehors de la longue attente d'un vrai printemps. » Pas grand-chose, si l'on exclut le fait de tirer une boîte de cartouches sur un violeur.

Quand elle écrivait ce qu'elle pensait vraiment, ses phrases l'intriguaient. Ainsi : « J'aimerais tant être avec toi sur le tabouret du piano en sentant les notes de Schubert dans mon corps. » Ou bien : « Mon séjour chez Rebecca m'a fait entrer dans un monde entièrement nouveau, et je me demande combien de centaines de mondes existent, dont j'ai seulement eu connaissance par la lecture. » Ou encore : « Quoi qu'il arrive, j'ai davantage confiance en l'existence après t'avoir rencontré. »

Elle éteignit la lampe, posa la main sur le poitrail de Vagabonde pour que les battements de cœur de la chienne la calment, puis elle se dit avec inquiétude qu'elle vivait peut-être dans un monde d'illusions, comme sa mère. Dans sa lettre, Peps rapportait qu'elle avait téléphoné à Giselle, laquelle lui avait appris que Frank avait « refait sa vie ». Elle en était peinée, car elle pensait qu'un jour elle retrouverait peut-être sa famille aimante. Sarah en resta un moment stupéfaite,

tout comme en lisant cette autre phrase de Peps :
« Les hommes âgés ne sont guère affectueux. »

Sa main tremblait pour de bon quand, le lendemain, elle glissa sa lettre dans la fente de la boîte. Elle attendit neuf jours la réponse, semblables à neuf jours passés dans le fauteuil du dentiste, et elle avait si peu d'expérience d'une correspondance écrite qu'elle ne savait pas à quoi s'attendre. Pendant tout ce temps, Marcia et elle faisaient chaque fin d'après-midi une course d'endurance de huit kilomètres, et le soir elle jouait si longtemps du piano que Vagabonde la suppliait de la laisser sortir.

Lorsque la lettre d'Alfredo arriva enfin, Sarah se mit au volant du pick-up et partit la lire dans le canyon. Il s'excusait encore et encore. Sa fille s'était fait virer de son collège privé à Los Angeles pour consommation de marijuana, alors que la mère de la jeune fille était en Italie. Il avait mis près d'une semaine à trouver une autre boîte susceptible de l'accepter. Il demanda pardon à Sarah de lui faire partager des nouvelles aussi « lugubres ». Ensuite, manifestant plus de romantisme, il disait combien elle lui manquait et qu'il lui paraissait impossible de tomber amoureux au bout de deux jours, mais que c'était pourtant le cas. Croyait-elle vraiment que le piano en était responsable ? Cette pensée avait sans doute traversé l'esprit de Sarah, mais seul le temps répondrait à cette question. Son père était un paysan « à grande échelle », ni riche ni pauvre. Sa famille s'était saignée aux quatre veines et sans se plaindre pour l'envoyer à la Juilliard School, puis à Cornell, où il avait décroché son doctorat avec les félicitations du jury, après avoir reçu des bourses généreuses. Il terminait en disant qu'il regrettait qu'à cet instant précis ils ne soient pas dans les bras l'un de l'autre, et Sarah faillit s'évanouir en lisant ces mots. Bêtement, elle respira l'odeur de la lettre, puis elle baissa les yeux vers ses pieds : les premières pousses d'herbe verte étaient visibles sur ce versant sud du canyon.

XIV

Après la lenteur des lettres, ils commencèrent à se téléphoner un jour sur deux et Alfredo lui envoya de nombreux morceaux de musique nouveaux à travailler. Lorsque Frank lui montra la note de téléphone, elle perdit pour une fois toute son assurance et avoua qu'elle était tombée amoureuse d'un professeur. Il éclata de rire, un fait tout aussi exceptionnel, serra sa fille dans ses bras et lui confia qu'il se demandait depuis longtemps quand elle trouverait enfin quelqu'un à aimer. Un soir à dîner, elle se fâcha quand Lolly lui dit qu'elle avait quinze ans et qu'il allait en avoir trente-cinq. Sarah rétorqua qu'elle en avait presque seize, puis elle sortit et resta debout sous une averse de mai jusqu'à ce qu'elle soit calmée.

La chance arriva durant les derniers jours ralentis et assommants qui précédèrent les grandes vacances. Rebecca écrivit pour dire qu'elle devait aller au Chili en juillet à cause de ses travaux sur l'observatoire. Sarah pouvait-elle venir plus tôt que prévu ? Sarah commença à préparer ses bagages le lendemain de l'examen final. Alfredo proposa de faire un saut en avion jusqu'au Montana et de descendre en voiture avec elle vers l'Arizona. Il pensait qu'il devait faire la connaissance du père de la jeune fille.

Trois jours avant l'anniversaire de Sarah, Alfredo arriva. Lolly décida de préparer un dîner italien sophistiqué. Marcia et Terry furent invités. L'aéroport de Bozeman bénéficiait de meilleures correspondances et durant les trois heures du trajet en voiture Sarah fut toute tremblante. Alfredo avait dit qu'avant la fin de l'été ils devraient se rendre en avion à Guadalajara pour rencontrer ses parents. Rebecca avait accepté de les accompagner en tant que chaperon ou duègne, sinon les parents d'Alfredo auraient été scandalisés. À Bozeman l'avion avait une demi-heure de retard, et quand Alfredo eut descendu le long escalier en provenance de la zone d'embarquement, ils s'embrassèrent pour la première fois.

Dehors, sur le parking ensoleillé, le visiteur regarda à l'est et au sud trois chaînes de montagnes lointaines, aux pics toujours couronnés de neige, les Bridgers, les Gallatins et les Spanish Peaks. Ils se donnèrent la main près du pick-up de Sarah.

« Nous ne savons pas ce que nous faisons, pas vrai ? demanda-t-elle timidement.

— Eh bien, nous avons notre musique, qui semble se répandre en nous, n'est-ce pas ?

— Oui », acquiesça-t-elle avec une terrible impression de certitude.

COLLECTION FOLIO 2 €

Dernières parutions

5592.	Xun zi	*Traité sur le Ciel* et autres textes
5606.	Collectif	*Un oui pour la vie ? Le mariage en littérature*
5607.	Éric Fottorino	*Petit éloge du Tour de France*
5608.	E. T. A. Hoffmann	*Ignace Denner*
5609.	Frédéric Martinez	*Petit éloge des vacances*
5610.	Sylvia Plath	*Dimanche chez les Minton* et autres nouvelles
5611.	Lucien	*« Sur des aventures que je n'ai pas eues ». Histoire véritable*
5631.	Boccace	*Le Décaméron. Première journée*
5632.	Isaac Babel	*Une soirée chez l'impératrice* et autres récits
5633.	Saul Bellow	*Un futur père* et autres nouvelles
5634.	Belinda Cannone	*Petit éloge du désir*
5635.	Collectif	*Faites vos jeux ! Les jeux en littérature*
5636.	Collectif	*Jouons encore avec les mots. Nouveaux jeux littéraires*
5637.	Denis Diderot	*Sur les femmes* et autres textes
5638.	Elsa Marpeau	*Petit éloge des brunes*
5639.	Edgar Allan Poe	*Le sphinx* et autres contes
5640.	Virginia Woolf	*Le quatuor à cordes* et autres nouvelles
5714.	Guillaume Apollinaire	*« Mon cher petit Lou ». Lettres à Lou*
5715.	Jorge Luis Borges	*Le Sud* et autres fictions
5717.	Chamfort	*Maximes* suivi de *Pensées morales*
5718.	Ariane Charton	*Petit éloge de l'héroïsme*
5719.	Collectif	*Le goût du zen. Recueil de propos et d'anecdotes*
5720.	Collectif	*À vos marques ! Nouvelles sportives*
5721.	Olympe de Gouges	*« Femme, réveille-toi ! » Déclaration des droits de la femme et de la citoyenne et autres écrits*

5722. Tristan Garcia	*Le saut de Malmö* et autres nouvelles
5723. Silvina Ocampo	*La musique de la pluie* et autres nouvelles
5758. Anonyme	*Fioretti. Légendes de saint François d'Assise*
5759. Gandhi	*En guise d'autobiographie*
5760. Leonardo Sciascia	*La tante d'Amérique*
5761. Prosper Mérimée	*La perle de Tolède* et autres nouvelles
5762. Amos Oz	*Chanter* et autres nouvelles
5794. James Joyce	*Un petit nuage* et autres nouvelles
5795. Blaise Cendrars	*L'Amiral*
5797. Ueda Akinari	*La maison dans les roseaux* et autres contes
5798. Alexandre Pouchkine	*Le coup de pistolet* et autres récits de feu Ivan Pétrovitch Bielkine
5818. Mohammed Aïssaoui	*Petit éloge des souvenirs*
5819. Ingrid Astier	*Petit éloge de la nuit*
5820. Denis Grozdanovitch	*Petit éloge du temps comme il va*
5821. Akira Mizubayashi	*Petit éloge de l'errance*
5835. Francis Scott Fitzgerald	*Bernice se coiffe à la garçonne* précédé du *Pirate de la côte*
5836. Baltasar Gracian	*L'Art de vivre avec élégance. Cent maximes de* L'Homme de cour
5837. Montesquieu	*Plaisirs et bonheur* et autres *Pensées*
5838. Ihara Saikaku	*Histoire du tonnelier tombé amoureux* suivi d'*Histoire de Gengobei*
5839. Tang Zhen	*Des moyens de la sagesse* et autres textes
5856. Collectif	*C'est la fête ! La littérature en fêtes*
5896. Collectif	*Transports amoureux. Nouvelles ferroviaires*
5897. Alain Damasio	*So phare away* et autres nouvelles
5898. Marc Dugain	*Les vitamines du soleil*
5899. Louis Charles Fougeret de Monbron	*Margot la ravaudeuse*
5900. Henry James	*Le fantôme locataire* précédé d'*Histoire singulière de quelques vieux habits*

5901. François Poullain
de La Barre — *De l'égalité des deux sexes*
5902. Junichirô Tanizaki — *Le pied de Fumiko* précédé de *La complainte de la sirène*
5903. Ferdinand von Schirach — *Le hérisson et autres nouvelles*
5904. Oscar Wilde — *Le millionnaire modèle et autres contes*
5905. Stefan Zweig — *Découverte inopinée d'un vrai métier* suivi de *La vieille dette*
5935. Chimamanda Ngozi Adichie — *Nous sommes tous des féministes* suivi des *Marieuses*
5973. Collectif — *Pourquoi l'eau de mer est salée et autres contes de Corée*
5974. Honoré de Balzac — *Voyage de Paris à Java* suivi d'*Un drame au bord de la mer*
5975. Collectif — *Des mots et des lettres. Énigmes et jeux littéraires*
5976. Joseph Kessel — *Le paradis du Kilimandjaro et autres reportages*
5977. Jack London — *Une odyssée du Grand Nord* précédé du *Silence blanc*
5992. Pef — *Petit éloge de la lecture*
5994. Thierry Bourcy — *Petit éloge du petit déjeuner*
5995. Italo Calvino — *L'oncle aquatique et autres récits cosmicomics*
5996. Gérard de Nerval — *Le harem* suivi d'*Histoire du calife Hakem*
5997. Georges Simenon — *L'Étoile du Nord et autres enquêtes de Maigret*
5998. William Styron — *Marriott le marine*
5999. Anton Tchékhov — *Les groseilliers et autres nouvelles*
6001. P'ou Song-ling — *La femme à la veste verte. Contes extraordinaires du Pavillon du Loisir*
6002. H. G. Wells — *Le cambriolage d'Hammerpond Park et autres nouvelles extravagantes*
6042. Collectif — *Joyeux Noël ! Histoires à lire au pied du sapin*

6083. Anonyme	*Saga de Hávardr de l'Ísafjördr. Saga islandaise*
6084. René Barjavel	*Les enfants de l'ombre* et autres nouvelles
6085. Tonino Benacquista	*L'aboyeur* précédé de *L'origine des fonds*
6086. Karen Blixen	*Histoire du petit mousse* et autres contes d'hiver
6087. Truman Capote	*La guitare de diamants* et autres nouvelles
6088. Collectif	*L'art d'aimer. Les plus belles nuits d'amour de la littérature*
6089. Jean-Philippe Jaworski	*Comment Blandin fut perdu* précédé de *Montefellône. Deux récits du Vieux Royaume*
6090. D.A.F. de Sade	*L'Heureuse Feinte* et autres contes étranges
6091. Voltaire	*Le taureau blanc* et autres contes
6111. Mary Wollstonecraft	*Défense des droits des femmes* (extraits)
6159. Collectif	*Les mots pour le lire. Jeux littéraires*
6160. Théophile Gautier	*La Mille et Deuxième Nuit* et autres contes
6161. Roald Dahl	*À moi la vengeance S.A.R.L.* suivi de *Madame Bixby et le manteau du Colonel*
6162. Scholastique Mukasonga	*La vache du roi Musinga* et autres nouvelles rwandaises
6163. Mark Twain	*À quoi rêvent les garçons. Un apprenti pilote sur le Mississippi*
6178. Oscar Wilde	*Le Pêcheur et son Âme* et autres contes
6179. Nathacha Appanah	*Petit éloge des fantômes*
6180. Arthur Conan Doyle	*La maison vide* précédé du *Dernier problème. Deux aventures de Sherlock Holmes*
6181. Sylvain Tesson	*Le téléphérique* et autres nouvelles
6182. Léon Tolstoï	*Le cheval* suivi d'*Albert*
6183. Voisenon	*Le sultan Misapouf et la princesse Grisemine*

6184. Stefan Zweig	*Était-ce lui ?* précédé d'*Un homme qu'on n'oublie pas*
6210. Collectif	*Paris sera toujours une fête. Les plus grands auteurs célèbrent notre capitale*
6211. André Malraux	*Malraux face aux jeunes. Mai 68, avant, après. Entretiens inédits*
6241. Anton Tchékhov	*Les méfaits du tabac* et autres pièces en un acte
6242. Marcel Proust	*Journées de lecture*
6243. Franz Kafka	*Le Verdict – À la colonie pénitentiaire*
6245. Joseph Conrad	*L'associé*
6246. Jules Barbey d'Aurevilly	*La Vengeance d'une femme* précédé du *Dessous de cartes d'une partie de whist*
6285. Jules Michelet	*Jeanne d'Arc*
6286. Collectif	*Les écrivains engagent le débat. De Mirabeau à Malraux, 12 discours d'hommes de lettres à l'Assemblée nationale*
6319. Emmanuel Bove	*Bécon-les-Bruyères* suivi du *Retour de l'enfant*
6320. Dashiell Hammett	*Tulip*
6321. Stendhal	*L'abbesse de Castro*
6322. Marie-Catherine Hecquet	*Histoire d'une jeune fille sauvage trouvée dans les bois à l'âge de dix ans*
6323. Gustave Flaubert	*Le Dictionnaire des idées reçues*
6324. F. Scott Fitzgerald	*Le réconciliateur* suivi de *Gretchen au bois dormant*
6358. Sébastien Raizer	*Petit éloge du zen*
6359. Pef	*Petit éloge de lecteurs*
6360. Marcel Aymé	*Traversée de Paris*
6361. Virginia Woolf	*En compagnie de Mrs Dalloway*
6362. Fédor Dostoïevski	*Un petit héros*
6395. Truman Capote	*New York, Haïti, Tanger* et autres lieux
6396. Jim Harrison	*La fille du fermier*

Composition Nord Compo
Impression Novoprint
à Barcelone, le 02 octobre 2017
Dépôt légal : octobre 2017

ISBN 978-2-07-046840-9./Imprimé en Espagne.

294190